# 沙羅は和子の名を呼ぶ　目次

# 沙羅は和子の名を呼ぶ

# 黒いベールの貴婦人

夏休みに入って間もなくのことである。両親が第二のハネムーンと称し、一人息子をおっぽり出してカナダへ出かけてしまった。よくそんな金があったなあと言うと、子孫に美田を残そうなんて馬鹿なことを考えなければ、海外旅行なんぞ屁《へ》でもないという返事が返ってきた。老後の蓄えだけは残しといてくれよと憎まれ口を叩《たた》いたが、まあ両親の仲が良いのはいいことだ。

僕はこの春、努力の甲斐《かい》あって（親の言いぐさによれば、どうにかこうにか）地元の大学に滑り込んだばかりの身分である。夏期講習も進学ゼミもない、ついでに小うるさい親もいないという、まことに結構な夏の到来だった。そういう素晴らしい夏休みに、畳の上でただごろごろしているだけではもったいないというものだろう。寝そべったまま、そんなことを考えていると、ふと部屋の片隅で埃《ほこり》をかぶっている品物が眼にとまった。以前に小遣いの大半と、バイト代とをつぎ込んで買ったカメラである。

僕は高校生の頃から、趣味で写真をやっている。人に言われるのも悔しいから、先に自分で言ってしまうが、単なる下手の横好きだ。だが時間だけはふんだんにあり、さりとて金はなし、という現在の境遇で、写真というのはなかなかにクリエイティブでよい暇つぶしのように思えた。それにひょっとしたら物のはずみか何かで、すごい傑作芸術写真が撮れないとも限らないではないか？

そこで僕は気分良く自転車で国道を走り、あっちで野良犬をぱちり、こっちで木陰のベンチに涼む老人をぱちり、という感じで、気ままな撮影をしていた。どうやら傑作芸術作品にはなりそうもなかったが、そんなことはたいして重要なことではない。あんなちっぽけなフィルムに、物の形がきちんと焼き付けられるという現象自体が、僕には実に不思議で面白いのだ。

気がつくと、周辺は薄青い闇《やみ》に満たされ始めていた。これはいかんと自転車に飛び乗り、帰路についた。家まではかなりあったし、腹もだいぶ減ってきていた。なに、遠くまで来たと言っても、たかが知れている。全力でペダルをこげば、ものの十分としないうちに家へ着くはずだった。

突然、体が大きく前につんのめり、僕はサドルの上で幾度か跳ね上がった。次いで地面の小石や段差を直接尻《しり》で感じ取るというありがたくない感覚を味わい、慌ててブレーキをかけた。どうやら割れたガラス片をもろに踏んでしまったらしい。見事にパンクし、だらしなく横に広がったタイヤを点検して、思わずため息をついた。それからふと視線を上げ、どきりとした。

無残に荒れ果てた建物がそこにあった。窓という窓は、縁に鋭く尖《とが》ったガラスの破片を残すばかりで、髑髏《どくろ》の眼のように虚《うつ》ろだ。そのいくつかには、元は白いカーテンだったらしい暗灰色《あんかいしょく》の布片が、吹き抜け放題の風に煽《あお》られて頼りなく揺れている。外壁は埃と泥で惨めに汚れているばかりか、巨大な落書き場と化していた。赤や黒のスプレーペンキで、でかでかと記されているのは、ひどく卑猥《ひわい》な言葉であったり、暴走族のグループ名らしきものであったり……。だが一番違和感を覚えたのは、僕の胸ほどの高さにピンク色のチョークを使って書かれた言葉だった。

〈タ　ス　ケ　テ〉

そのひっかいたような四つの文字は、か細い悲鳴のようにそこに躍っていた。

僕はしばし腕組みなどをしながら、辺りを見回していた。一種異様な不気味さが、そこらじゅうに漂っている。その時思いついたのは、ひょっとしたらこれは凄い被写体だぞ、ということだった。ここでなら、何だか物凄い写真が撮れそうな気がした。

数枚シャッターを切った後、ふいに好奇心が頭をもたげた。建物の中はいったい、どんな具合になっているのだろう？　もっとすさまじい有り様なんじゃないだろうか？

出来心とはいつだって衝動的なものだ。家宅侵入罪という五文字を思い出したのは、しっかり建物に入り込んでしまった後だった。

玄関の鍵は、恐らく暴走族の仕業《しわざ》なのだろうが、壊されていて難なく開いた。窓から入ってくる月明かりと街灯の灯《ひ》とで、想像していたほどには中は暗くなかった。玄関を入ってすぐ左手に、靴箱がある。緑色のスリッパがきれいに並べられていた。どれにも埃が厚く積もっている。端の方に、花模様のついた子供用のサンダルがちょこんと並んでいるのが、ちょっと場違いな感じだった。

少し気が咎《とが》めないでもなかったが、土足のまま廊下に上がり込んだ。僕のスニーカーの立てる足音が、虚ろにこだましている。埃が分厚く積もり、一足ごとにざらざらした感触が不快に伝わってくる。ふと、消毒液の匂いをかいだように思ったが、それは恐らくある種の先入観のせいに違いなかった。

その建物が何であるかは一目瞭然《いちもくりようぜん》だった。いくつか並んだビニール張りのソファを見るまでもなく。そして小さな窓口のついた部屋に、無機的に掲げられたプレートの文字を読むまでもなく。ソファのある空間は患者のための待合室であり、プレートには『薬局』と記されていた。

僕は慌ただしく記憶のファイルをめくった。周辺の看板や所番地の表示に現れ始めていた〈芹沢《せりざわ》〉という地名と、このあまりぞっとしない建物とを結びつけるのは、たいして難しいことではなかった。かつてここは、きわめて立派な鉄筋コンクリートの三階建だった。それが短期間でこれほどまでに荒廃してしまったのは、何も暴走族のせいだけではない。もちろん、スプレーペンキでの落書きや、窓ガラスへの投石は彼らのやったことだろう。だがそれ以前に、もっと婉曲《えんきよく》だがより強力な暴力がこの建物を襲っていた。曖昧模糊《あいまいもこ》としてつかみどころがなく、そして場合によっては人を殺し、建物を破壊してしまいもするもの。

——噂である。

芹沢病院を舞台としたある出来事が、界隈《かいわい》で取り沙汰《ざた》されたのはしばらく前のことだった。あるとき、その病院に入院していた子供が急死したのだ。痛ましくはあるものの、それ自体は格別異常な出来事とは言えない。だが数ヶ月後、子供の母親が院長の間宮秋彦を相手取って告訴した。いわく、我が子の死因は病院側の医療ミスにある、と。

証拠物件として押収されたカルテを見る限りにおいては、何ら母親の告訴理由を裏付ける事実は発見されなかった。地元の新聞記者やテレビレポーターにインタビューを受けた母親は、ヒステリックに病院側を責めたてるばかりで、その具体的な根拠はとうとう示されなかったのだ。だが、幼い愛児を〈人為的に〉失い、嘆き悲しむ若き母親という図は、大方の同情を集めるには充分だった。しかも、彼女が地元の名士の娘であったことが、事態に拍車をかける結果ともなった。

突如として被告席に立たされた間宮院長は、終始全てを否定し続けた。彼の態度は毅然《きぜん》たるものではあったが、肝心の子供の死因という点になると、その証言は途端に頼りなくなった。患者の容体が、決して死亡に至るほどに深刻なものではなかったことを、彼としても認めざるを得なかったのである。

結果としては、最終的に裁判所は被告側の言い分を認め、間宮秋彦は無罪の判決を受けた。だが曖昧で密《ひそ》やかな疑惑は、細く透明に粘る蜘蛛の糸のように、彼に絡みついて離れようとしなかった。いつからか悪意に満ちた噂が流れ始め、患者たちが医師を見る眼は、信頼から疑いへと変わっていった。患者の数が、櫛《くし》の歯が抜けるように減ってゆき、やがてゼロになった。病院はたちまち経営不振に陥り、看護婦や若い医師たちの姿は、一人二人と減っていった。間宮秋彦はある時ふいと病院を出て行き、そのまま姿を消してしまった。彼の行方は誰も知らない。

人間とはとかく勝手なものである。その頃には噂も新味を失い、誰も口にしなくなっていた。そして後には、荒廃した病院だけが残されたというわけだ。

ここはまさしく、わずかな期間に惨めな変容を遂げた、白亜の宮殿だった。僕は落ちつかない思いで、そっと薬局の窓口を覗《のぞ》き込んだ。埃で汚れたガラス越しに、空きビンや空箱がごたごたと並んでいるのが、ぼんやりと見えた。そこを通りすぎ、診察室のノブをちょっとひねってみた。鍵がかかっているらしく、動かない。何かかすかな物音を耳にしたような気がして、びくりと手を離した。その奇妙な音は診察室の中から聞こえてきたようだった。金属質の、どこか神経に障る音だ。しかし、ごく日常的に耳にする音のようでもあった。

ドアは確かに閉め切られている。なのになぜ、部屋の中から音が聞こえてくる？

首をひねる僕の鼻先を、小石のような物がひゅんと通りすぎて行った。割れた窓から、コガネムシが入り込んだらしい。外へ出ようとして、無茶苦茶に飛び回っている。銀茶に光る小さな体を、幾度も幾度も白い壁にぶつけていた。甲虫に特有の匂いが、ぷんと鼻をついた。虫はすぐに視界から消えていったが、コツッ、コツッという音はしばらく首の後ろ辺りで響いていた。

僕は意を決して、二階へ上がってみることにした。階段を上りながら、やっと先刻の奇妙な物音の正体に思い当たった。あそこは診察室だ。医師の座る、キャスターつきの椅子に違いない。体をひねったり、ちょっと移動しようと椅子ごと動いたりすると、ちょうどあんな音がする。きっとそうに違いない。一人納得してうなずいたが、よく考えてみると、これはあまり嬉しい発見とは言えない。あの部屋には鍵がかかっていた。どうして椅子が音を立てる？　そう自問しかけ、慌てて首を振った。あまり深く考えると、ロクなことはなさそうだ。それにしてもヤブ蚊がひどい。僕はぱちんと頰を叩いた。すでに四、五カ所は喰われている。僕は頰を叩き、ついでに妙な考えも頭から追い払うことにした。

二階には入院患者用の大部屋が二つあった。元は四名程度用の部屋だったのだろうか。白いスチールベッドは畳まれて、隅の方に押しやられていた。床一面にガラスの破片や投げ込まれた石や空き缶が散らばっている。そのどれもが、厚く埃で覆われていた。降り積もった埃は、月明かりで雪のように白く浮かび上がり、どこか幻想的ですらあった。僕は思い出したように、シャッターを切り始めた。

続けて十枚ほども撮影した頃だったろうか。突然、後頭部に何かがぼんっと当たり、僕は自分のカメラでしたたかに鼻をぶつけた。思わず「痛《いて》ーっ」と叫び、振り向くと誰もいない。半分空気の抜けたようなサッカーボールが、床にぽつんと転がっているばかりだ。爪先で力任せにそいつを蹴飛ばすと、ふがっというような情けない感触で、ボールはへこんでしまった。僕は当然近くにいるはずの加害者を捜して、きょときょとと周囲を眺め渡した。だが、誰もいなかった。

ふいに、どこからかほとばしるような笑い声が響いてきた。それは子供の声だった。悪戯《いたずら》が功を奏した時の、あのいまいましいほど邪気のない笑い声。その透き通るような笑声《しょうせい》に続き、ぱたぱたと階段を駆け上がる足音。方向からして、三階へ上がって行ったようである。僕はとっさに後を追った。先刻の診察室の物音といい、どうやら近所の悪戯小僧が入り込んでいるらしい。他人《ひと》のことを言えた義理じゃないにしろ、子供が遊ぶにはちょっとばかり時刻が遅いし、場所もあまり穏当とは言いがたい。とっつかまえて、よく言い聞かせた上で家に帰さなくては。

極めて常識的な判断を下した僕は、一段抜かしに階段を駆け上がった。我ながら惚れ惚れするような身のこなしで階上へたどり着き、ふと見るとさらに上へ続く階段が伸びている。はて、と首を傾《かし》げた。この建物が三階建だと思っていたのは勘違いで、実は四階建だったのだろうか？

きっとそうなんだろうとその場は納得し、最初の部屋に入って思わず呆《あき》れ声を上げた。なんとも芸のない設計の病院である。二階とまるでおんなじなのだ。部屋の広さや窓の位置は言うに及ばず、スチールベッド、窓の壊れ方、果ては散らばったガラス片や小石の配置に至るまで。

いや、待てよ。床にぼてっと転がっているのは、空気の抜けたようなサッカーボール。床の上には怪しい巨大な足跡、僕はそっと自分の足を重ねてみた。おお、ぴったり。さて、ここは一体どこでしょう?

そんな間抜けな自問をしてみたが、それに対する答えは出てこなかった。考えるより先に、体が勝手に走りだしていたのだ。

今度は二段抜かしに階段を駆け降りた。が、何となくそんなことじゃないのかなあという、嫌な予感もしていたのだが、やっぱりそこにある筈《はず》の玄関はなかった。くるりと後ろを振り向くと、階段が下に向かって闇の中に続いている。期せずして、三階に到達してしまったらしかった。

僕は吸い寄せられるように、階段の下にわだかまる闇を見つめていた。何かが、ゆらりと動いたのだ。見ていると、それはひらひらとこちらへ向かって飛んできた。大きなカラスアゲハだった。

闇を切り抜いたように黒い、蝶々。

見ている間に、カラスアゲハは僕の鼻先をかすめた。その複雑な模様や、青緑色にきらきら光る鱗粉までが、はっきりと見て取れた。僕は直立不動の姿勢で、身動きもできずにいた。闇の中で、再び何かが動いた。幼い子供のようだった。男の子だ。年齢は四、五歳といったところだろうか。淡い水色のパジャマを着て、足は裸足《はだし》のままだ。少年は今にも泣きだしそうな眼で、じっと僕を見つめた。

そんなふうに見つめられても困るなあと思っていると、相手の小さな唇が、かすかに動いた。

「ちょうちょう、にげちゃった……」

か細い声でそう言いながら、僕の背後を眼で追った。見ると、カラスアゲハはちょうど破れた窓から飛び去るところだった。

「今度来たら捕まえてやるから。泣くんじゃないぞ、男だろ?」

そう言いながら振り返ったが、少年はどこにもいなかった。現れた時と同様、何の物音もしなかった。


あの子はどこへ行ってしまったのだろう? 隠れるような時間はとてもなかったはずだし……というようなことをぼんやりと考えているうちに、胸の鼓動がだんだん速くなっていくのがわかった。もしや、という考えが浮かんだとき、突然鋭い音が響き渡り、僕の心臓は一際大きく跳ね上がった。

それはずっと昔に聞いた覚えのある音だった。近所の悪ガキ仲間とやった、缶蹴り遊び。あの小気味いい、高い金属音。

僕はぎくりと向き直った。見るとジュースの空き缶が転がってくる。缶は勢いよく僕の足にぶつかると、向きを変えて今度は階段を、派手な音をたてながら転がり落ちて行った。あの缶はいったいどこから、そしてどうして転がってきたのだろう? この病院の中には、僕と、先刻の子供と、そしてもう一人、誰かがいるのだろうか?

僕は廊下の角を曲がり、恐る恐る数歩歩いた。眼の前に、横開きのドアがある。僕はその取っ手に手をかけ、思い切って力一杯引いた。その途端。

「ワアーッ！」

いきなり素《す》っ頓狂《とんきょう》な雄叫《おたけ》びが上がった。無論僕のではない。が、ほとんど同時に「うわあっ」と情けない悲鳴をあげて、二、三歩退いた拍子に、どすんと尻餅をついてしまった。

その僕の頭上を、情け容赦ない笑い声が撫《な》でていった。

声の主は、もくもくと上がる埃の真ん中で、月明かりに照らされて立っていた。いかにも嬉しくてたまらぬというように腹を抱えて笑っているのは、野球帽を目深にかぶった子供だった。先刻階段に立っていた、いかにもはかなげな少年とは違い、元気一杯のクソガキ、いや、悪ガキそのものだった。年も十歳より下ということはないだろう。

「おっかしいの、今の間抜けな顔ったら」

子供は遠慮なくそう言って、けらけらと笑った。その様子があまりにも嬉しそうなのと、気が抜けたのとで、僕は怒る気にもなれず、尻餅をついたまま力なく尋ねた。

「何だってんだよ、いきなり。お前誰だ？」

すると相手は笑うのをやめ、小首を傾げるようにして僕を見下ろした。舞い上がった埃が月明かりに照らされて、ぼうっと奇妙な光を放っている。子供はにやりと笑い、人指し指でぐいと帽子のつばを押し上げた。

「あたしはれいいね」

まるで子鬼のような、でっかい二つの瞳をきらきら光らせて、子供は答えた。

「あたし？　れいね？」

九官鳥のように僕が繰り返すと、相手はつんと顎《あご》をそらせてすましてみせた。

「そ。あたしの名前。華麗な音色って書くんだよ」

他人に説明するのに慣れているのだろう、子供は得意気にそう言った。

「――女の子だったのか」

僕のそのつぶやきは、いささか正直に過ぎたようだ。麗音と名乗った、どう見ても少年にしか見えない少女は、途端にぷんと頬を膨らませた。

「バーロー。女の子じゃ悪いかよ、このオタンコナスのクソジジイ」

麗音はうらめしそうに僕を見下ろしながら叫んだ。なんとも口の悪い子だ。

「悪くない、悪くない。悪いのは僕だよ」

取り敢えずなだめつつ、僕は立ち上がり、

「だけど君みたいに小っちゃい女の子が……」

「小っちゃくないもん、もう十二だもん」

少女は口を尖らせて抗議した。およそこの世に十二歳の女の子ほど、小生意気で扱いにくい人種はいないに違いない。

「……もう十二ならさ、こんなとこに一人きりでいたら、危ないことくらいわかるだろ？いったい何をやってたのさ」

何だか諭すような口調でそう言ってやったら、少女は奇妙に光る眼で僕を見上げた。それからゆっくりと答えた。

「待ってたんだ」

「誰を？」

「ユータを」

え、僕を？　そう問い返す僕に、麗音はかすかにうなずくような仕種を見せた。そしていきなりぱっと身をひるがえした。そのままぱたぱたと駆けてゆく。僕は「おい、どこに行くんだよ」と叫び、慌てて後を追った。

ドアを出てきょろきょろ周囲を見回してみた。薄暗い廊下。そして階段。どこにも、少女の姿はなかった。

「優兄ちゃん。何見てはるん？」

数日後、出来上がってきた写真を一枚一枚検分しながら歩いていると、信吾が声をかけてきた。片手に目の細かい捕虫網、首からたすき掛けにプラスチックの虫籠、という出《い》で立ちである。近所に住む小学生だ。去年、大阪から一家で越してきた。子供のことだから、あっと言う間に大阪弁も抜けてしまうだろうと思っていたのだが、いまだにしぶとくしゃべっている。なかなか根性のある奴だ。

「何やエッチな写真、見てるんとちゃう？」

信吾はにまにま笑いながら近寄ってくる。全く今日日《きょうび》のガキときたら。

「アホ言え」僕は肘《ひじ》で信吾の頭をぐいと小突いてやった。「これのどこがエッチだ」

少年は二、三枚見るなり露骨にうえっと顔をしかめた。

「うわあ、兄ちゃんこんなか入ったん？　よおやるなあ。なんか出えへんかった？」

「おお、一杯出てきたぞ。ヤブ蚊だろ、カナブンだろ、カラスアゲハも出てきたなあ」

「ホンマにそれだけ？」

信吾は疑うように眼を細めて見せる。僕はちょっと不安になった。

「他に何が出るってのさ」

「そやかてこれ……」少年は黒く汚れた爪で写真を弾きながら言った。「ユーレイ病院やんか」

「何やってー？」

思わずつられて怪しげな関西弁で叫んでしまった。

「なんや知らんかってん？」少年は哀れむような視線を向けた。「前にあそこで死んだ子供の幽霊がでるんやて。見たっちゅう人ぎょうさんおるし、こないだテレビの人が取材に来よったんやで。兄ちゃん運がええなあ、ホンマ」

取り殺されんで良かったなあ、などと物騒なことを言い置いて、涼しい顔で立ち去りかける少年を、僕は慌てて押し止《とど》めた。

「ちょっと待ってくれよ。もうちょっと詳しい話を……ほら、あそこでジュースでも飲みながら、僕が近所の駄菓子屋を指さすと、少年は歯をむきだしてにっと笑った。

「おごってくれるん？　ほなら、アイスキャンデーのほうがええわ」

十分後、僕はバス停のベンチに信吾と並んで腰掛け、アイスキャンデーの棒をくわえたまま放心していた。近くの電柱で、蟬がやたらに威勢よく鳴いている。あいつの命はあと七日？　それとも六日？　五日？　四日？……。それともあと一時間？　いや、今この瞬間にも、あいつの七日間は尽きてしまうかもしれない。

「僕な、蟬は捕らへんのや。短い日の目やさかいな」

僕の思いを読み取ったのか、傍らの少年がぽつりとそんなことを言った。

信吾が語ったのは、ちょっと信じがたい、だが薄々考えないでもなかったことだった。深山幸一の幽霊が出る、というのだ。例の裁判で死因について取り沙汰された、幼い子供の名前である。

「白っぽいパジャマ着てな、窓のとこにぼおっと立ってんねんて」

「ど、どうしてその子が深山幸一だってわかるんだよ。誰かが直接その子に聞いたわけかい？　たまたま近所の子が遊んでたのかも……」

いくらかどもりながら口をはさむと、信吾はまたあの哀れむような、小生意気な眼をして見せた。

「あのなあ、まだ小っちゃい子ォやで。夜中にあないなとこで遊ぶわけないやんか。あれは深山幸一の幽霊やって、見た人みんなそう言うてるで」

「で、お前はそれを信じてるってわけ？」

信吾はアイスキャンデーの棒をくわえながら、面白くもなさそうに僕を見上げた。

「そやかて他に誰が出て来るんや、あないな気色《きしょく》悪いとこ」

僕ははっと顔を上げた。出てきたじゃないか。麗音と名乗った女の子。あの子はいったい、何者だったんだ？

僕は無駄を承知で、少女の名を口にした。知ってるか？　と尋ねると、驚いたことに相手はこくりとうなずいた。

「知ってる。間宮麗音やろ？」

「間宮？」

どこかで聞いた名だ。だがどこでだったろう？　考え込む僕に、信吾が気難しい顔で補足した。

「ユーレイ病院の、院長先生とこの子や」

僕はどきりとした。突如として被告席に立たされた間宮秋彦。全てを失い、そして姿を消した男。あの不幸な医師に家庭があり、家族があるのだということ。そんなごく当たり前の事実を、僕はその瞬間まで考えてみようともしなかった。眉をひそめて同情めかし、だが実は面白おかしく噂を広めて回った人たちにしてもそれは同様だろう。いったいあの時誰が、ほんのわずかばかりの想像力でも働かせてみようとしただろう？

「そうだったのか……」僕はちょっと言葉につまった。「可哀想にな、あの子。あんな時間にあんなとこで一人……」

「優兄ちゃん」突然信吾が大声で遮った。「お兄ちゃん、あの病院で間宮麗音に会《お》うたん？いつ会うたんや？」

「いつって、その写真撮った日だよ。日付が出てるだろ？」

「そやかって……」少年は不満そうに写真をためつすがめつ見ている。「へんやなあ。そんなわけ、ないんやけどなあ。お兄ちゃんの、見間違えちゃう？」

「なんで？」

いつになく歯切れの悪い信吾の口調に、僕は何となく不安に駆られた。彼は僕と写真とを交互に眺め、それからほとんど恐る恐る言った。

「あのな、その子なあ、二週間前くらいにな、あの病院の前の国道で車に轢《ひ》かれてな、そのまんま……」

ひやりと冷たいものが背中を伝い落ちて行った。僕はそっと相手の顔を覗き込んだ。

「死んじゃった、わけか？」

我ながらひどくかすれた声が出てきた。まさか、そんな馬鹿なことが……。

ほっとしたことに、信吾は即座に力強く首を振った。だがそれも束の間、彼はひどくそっけなく後を補った。

「そのまんま、意識が戻らないんやて」

信吾と別れた時は、日が暮れかけていた。汚いのれんのかかったラーメン屋で腹ごしらえをし、「よしっ」と自分に気合をかけた。

歩道をてくてくと歩き始めた僕の傍らを、自動車のヘッドライトが次々に追い抜いてゆく。強烈な光の三角錐が、街路樹やガードレールの陰影を浮き彫りにし、その直後にはさらなる闇が訪れる。排気ガスと埃の臭いとがわだかまり、ぼやけたドーム状に辺りを覆う。

いつしか僕自身も一台の車になり、見知らぬ街の夜の道を滑り抜けていた。黄色いヘッドライトの光が、次々に奇妙な形をした標識を照らしだす。そこには何と書いてある？

『麗音は交通事故に遭った』

『麗音の意識は戻らない』

そう、事故に遭った二週間前の時点から、麗音はいわゆる植物状態だ。少女の体には大した外傷はなく、意識が戻らない理由が不明であるという。僕の頭の中には次々に新たな標識が現れ、そして消え、少しずつ何かがわかりかけてきたような気がした。

麗音は間宮医師の一人娘だった。病院の靴箱にあったサンダル。あれはおそらく麗音のものだったのだろう。あの出来事の後、父親が姿を消した。麗音には理由がわからない。悪ガキが麗音をはやし立てる。やあい、人殺しの子。麗音は当然反論しただろう。すると相手は言う。何も悪いことをしていないのなら、どうして逃げた？　麗音には答えることができない。歯を食いしばって耐えるうちに、あの噂が広がりはじめたのだ。

〈幽霊が出るんだって……〉

麗音は幽霊に会いに行ったのだ。幼くして、不慮の死を遂げた深山幸一の幽霊に。病院は、麗音が移り住んだというアパートから、子供の足には随分遠い。他に何の目的がある？　麗音は少年の霊に尋ねたかったのだ。

彼がどうして死んだかを。

麗音は病院目指して走った。もしかしたら、窓に幽霊の影を認めたのかもしれない。夢中になって国道を横切った。麗音は気づかない。自分に迫る、自動車の存在に。

僕は急ブレーキの音を聞いたような気がした。続いて、どさっと人が倒れる音。慌ててドアを開ける音。麗音に駆け寄る靴音。運転手は不安気に少女の顔を覗き込む。彼は知らない。そこに横たわるのは、もはや麗音の脱《ぬ》け殻だ。

麗音の魂は、あの病院に閉じ込められている。四角い迷宮の中を、今もさまよっているのだ。麗音が目覚めないのも、きっとそのせいに違いない。

僕は先刻の信吾の家族を思い浮かべてみた。あけっぴろげな関西女性の典型のような母親。呑気で鷹揚《おうよう》な父親。温かい、陽気な家庭。麗音が失ってしまったもの。ふと空を見上げると、星が驚くほど明るく輝いていた。死んでしまった子と生きてる子。死んだ子供は生き返りようがない。だけど、麗音は生きているんだ。

僕の心はとっくに決まっていた。芹沢病院の黒いシルエットが、夜空を切り抜いて眼前に迫っていた。不思議と、恐怖心はなかった。

「ユータ、ユータ、ユータがまた来た」

突然出てきたと思ったら、実に楽しそうに麗音はそんな歌を歌った。華麗な音色らしからぬ、ちょっとばかり調子外れなメロディだ。

「……ずっと、ここで僕を待ってた？」

静かに僕は尋ねた。麗音は両手を腰に当て、小生意気に顎をつき出した。

「べっつに待ってませんよ、だ」

そう言って麗音はにやりと笑ったが、その笑顔はどう見ても泣き笑いにしか見えなかった。少女の虚勢は、可哀想なくらいに脆《もろ》い。拗《す》ねたようなその眼が、僕にこう言っていた。

「どうしてもっと早く来てくれなかったの」

と。胸がうずくように痛んでいた。たった十二歳の女の子が一人で過ごすには、夜はあんまり暗すぎる。夜明けはあんまり遠すぎる。二週間分の夜と、二週間分の昼。幼い少女でなくとも、それは辛く、長い時間だ。

「麗音、あの子には会ったのかい？」

麗音はこくんとうなずいた。

「あの子が死んだわけ、聞けたかい？」

今度はわずかに首を振り、

「何も言ってくんない。あたしのこと、見えてないみたい」

「そうか……」

「あの子のお母さんがね」麗音はつぶやくように言った。「ずっと哀《かな》しいままなの。恨《うら》んでる。いっぱい怒ってる。ずっと辛くて、哀しくて、だからあの子はずっとここにいなきゃならないの」

母親の哀しみが、子供を縛りつけているというわけか。

「麗音は？」

尋ねてみたが、少女は泣きそうな顔で首を振った。そして、すっと部屋から出て行った。後を追ったが、既に麗音の姿は消えていた。

その夜、僕は長い手紙を書いた。


どうやら僕は名探偵にはなれそうもない。見知らぬ人間の行方を追うのが、こんなに大変な作業だとは正直思わなかった。やはりテレビドラマのような具合にはいかないものだ。

再び麗音に会った翌日、僕は散々聞き込みの真似事《まねごと》をやらかした。肝心の信吾が留守で、僕はいきなり出足をくじかれる恰好《かっこう》になった。仕方なく彼の母親からいくばくかの情報を聞き出し、それを手始めに少しずつ、心もとない途切れがちな線を辿《たど》って行った。炎天下、修理の終わった自転車であちこちを走り回り、僕は冷たい汗と熱い汗とを交互に流した。そしてようようのことで辿り着いたのは、大学病院の外科病棟だった。

麗音の母親は、ちょっとびっくりするような美人だった。彼女は不審気な様子を隠しもせずに病室から出てきた。そして抑揚のない声で、御用は何でしょう、と言う。僕は早口で、娘さんの知り合いの者ですが、と前置きしてから自己紹介した。そして途中で買ってきた小さなヒマワリの花束を差し出した。彼女はためらいがちに受け取り、かすかに笑って言った。

「ありがとう。あの子とはいつ……？」

「つい最近です。それで事故のことを伺って、びっくりして」

　嘘ではない。

「そう」相手は花束をじっと見ながらうなずいた。どこで会ったかを尋ねられたら困るなと思ったが、それ以上は何も聞いてこなかった。彼女はつと顔を上げ、僕を真っ直ぐに見た。

「あの子に会ってやっていただける？」

　僕は大きくうなずいた。

　白いベッドの上に、麗音は痛々しく横たわっていた。包帯を巻かれ、腕や鼻に幾本ものチューブを差し込まれた麗音は、哀しいくらい小さく弱く見えた。鼻の奥がじんと熱くなったと思うまに、自分でも呆れるくらいに大粒の涙が、ぼたぼたと盛大に流れ落ちていた。

　傍らの女性は驚いたように眼を見開いて僕を見た。麗音によく似た大きな瞳だ。僕は懸命に拳《こぶし》で涙を拭《ぬぐ》い、無理矢理笑って見せた。そしてポケットから四つに畳んだ紙片を取り出し、相手に渡した。

「僕の名前と電話番号です。万一、容体に変化があったら、お手数ですが知らせていただけませんか」

「……わかりました。そうしましょう」

静かに、彼女は約束してくれた。最後に知りたかった住所を教えてもらい、僕は病院を後にした。

散々迷った挙げ句、ようやく僕は「深山」と表札の出た家を見つけた。いかにも裕福そうな立派な建物だ。二階の南向きの窓越しに、ぬいぐるみの熊がこちらを向いているのが見えた。ひょっとしたら、あそこは子供部屋だったのだろうか。死んだ子供の玩具は、小鳥を失った鳥籠だ。僕は懐から白い封筒を取り出し、赤い郵便受けに滑り込ませた。これだけの目的で、今日僕は何時間も自転車であちこちを走り回っていたのだ。今までの経緯を、ありのままに記した長い長い手紙。

手紙の落ちる音が、低いかすかな吐息のように辺りに響いた。

僕はまた自転車に乗り、何となく芹沢病院まで来てしまった。麗音と話したいと思った。だけどあいつだって、一応は幽霊の端くれだから、いくら何でもこんな真っ昼間から出やしないだろう。僕は自転車を病院の裏に駐《と》め、その辺を歩き回った。雑草が猛威を振るっている。すべては自然の営みだ。野や山は毎年飽きもせず緑色の芽をふき、色とりどりの花を咲かせる。年々古びてくることもなければ、ペンキの塗り替えも必要ない。ところが人間がこしらえるものときたら。

僕は廃墟となった病院を眺めやった。ほんのわずか放っておけば、もうこのざまだ。僕は思わずため息をついた。その時、背後から声をかけられた。

「見つけたで、優兄ちゃん。やっぱりここ来とったんか」

信吾だった。昨日会った時と、ほぼ同じ恰好をしている。

「もうちょっと待っててくれたら、すぐに帰って来とったのに。なあ、何して遊ぶ？」

少年は歯をむきだして笑っている。僕は無言で信吾の頭をくしゃくしゃと撫でた。今ここで信吾に会えたことが、無性に嬉しかった。

僕らはまた例の駄菓子屋に行き、山ほど菓子を買い込んだ。どれもこれも子供の頃によく食べた、ずいぶんと懐かしいものばかりだ。

「えらい気前ええなあ」

信吾は眼を丸くして喜んだ。

二人だけの奇妙なパーティが終わりかけた頃、僕は信吾の虫籠の中に何か入っているのに気づいた。見事なカラスアゲハだった。

「でっかいカラスアゲハだなあ」

感心して虫籠を持ち上げた。黒い蝶は悠然と籠の縁に止まっている。

「久しぶりの獲物やねん」

信吾は得意そうに小鼻をふくらませた。僕は籠に鼻をくっつけて、じっと蝶を見つめた。不思議なことに暴れる気配もないが、別に死んでいるわけではなさそうだった。細い触角が、かすかに震えている。ずいぶんと大きな蝶だった。羽根を広げると、十三センチにもなるだろうか。あるいはもっとあるかもしれない。細かい模様に沿って、青緑色の鱗粉が細かく光っている。その不思議な輝きを見て、僕は少年の幽霊を思い出した。蝶に逃げられ、哀しそうな顔をするあの子に、僕は約束した。カラスアゲハを捕まえてあげるから、と。確かにそう約束したんだ。

「なあ。その蝶、兄ちゃんにやろうか？」

ふいに少年が言いだした。僕があまり熱心に見ていたからだろう。

「いいよそんな。久しぶりの獲物なんだろう？」

「ええねん」

短く答えるなり、信吾はぐいと虫籠を僕の鼻先に突き出した。どうやら菓子のお礼のつもりらしい。近頃の子供には珍しく、義理堅い奴なのだ。

僕は重ねて首を振りかけ、思いなおしてありがたく虫籠を受け取ることにした。それで信吾の気が済み、そしてあの子が少しでも喜ぶのなら。

その日の夕刻、僕は蝶の入った虫籠を提《さ》げ、三たび芹沢病院へ向かった。途中の店で買った菓子パンとコーラを、夕飯代わりに持って行った。麗音と、そしてあの子に会えるまで、粘るつもりだった。

僕はさっさと三階に上がり、スチールベッドの端に腰掛けた。段々と薄暗くなっていくなか、パンをかじり、コーラを飲んだ。少し埃の味がした。静かだった。蝉の声も、国道を走る車の音も、いつか遠くなっていった。いったい、どれほどの時間が流れたのかもわからなかった。

　僕は立ち上がり、コーラの空き缶を敷居の上に立てた。そして眼をつぶった。

　カーン、と小気味よい音が響いた。眼を開けると、僕の足元に缶が転がってくるのがみえた。そしてドアの前には麗音がいた。

「麗音のお母さんに会ってきたよ」

　僕は笑って麗音に話しかけた。

「知ってる」

　少し怒ったように、麗音は答えた。

「きれいなお母さんだね。びっくりしたよ」

「あたしだって、大きくなったらお母さんみたいになるもん」

　ふいに麗音が口を尖らせて言った。どうやら拗ねているみたいだった。僕は思わずからかってやりたくなった。

「まっさか、なるもんか。メダカくらいの可能性だってないね」

　指で大きさを示しながら、意地悪くそう言ってみた。

「そんなことないもん」

　足を踏みならし、憤然と麗音は叫んだ。

「せいぜいサンマくらいだね」

「違うもん。もっとだもん」

驚いたことに、麗音は泣きそうな顔になっている。僕は慌てて言った。

「わかったわかった。クジラだ、クジラ」

すると現金なもので、途端に麗音は嬉しそうに笑ってうなずいた。

「クジラだよ、クジラ。こーんな大きなク・ジ・ラ」

相変わらず調子外れなメロディで歌いながら、麗音は部屋の端から端へ駆けた。クジラの大きさを表現しているらしい。どうした弾みか、僕にはこの時の麗音の顔が、ちょっとばかり可愛く見えてしまった。まるで男の子みたいに見える、この小っちゃなクソ生意気なガキんちょが。

僕はコホンと一つ咳《せき》をして、駆け回っている麗音を呼び寄せた。

「あの子のいるところ、わかるかい？　これを上げたいんだ」

僕は虫籠を示した。麗音は覗き込み、低くつぶやくように言った。

「……黒いベールの貴婦人」

「何だって？」

僕は聞き返した。麗音は何でもない、というように首を振った。

「この蝶々のこと、そう呼んでいた人がいたの」

多分、麗音の父親のことなのだろう、と僕は察しをつけた。思いがけず、繊細で詩的な一面を持っていたらしい。

麗音はすっと歩き出した。僕は慌ててついて行った。一番奥の部屋の前で、麗音は立ち止まった。僕はそっとドアを開けた。

部屋の中には、あの子がいた。

「ほら、あの蝶々だ。約束通り、持ってきたよ」

「籠を開けて」

傍らから麗音がささやいた。蝶はゆっくりと飛び出し、子供の方に飛んで行った。少年はそっと指を伸ばした。蝶はその細くて白い指先にとまり、少年は初めて微笑《ほほえ》んだ。

その途端——。

フラッシュをたいたようにぱっと白い閃光《せんこう》が閃《ひらめ》き、部屋の中は真っ白になった。それからまるで早送りのフィルムを見るような、一連の情景が眼の前に映し出されたのだ。

蒼ざめた少年が、ベッドに横たわっている。その傍らで、少年の母親らしい女性がうたた寝をしている。開け放たれた窓から、一匹の蝶が飛び込んできた。真っ黒なカラスアゲハ。黒いベールの貴婦人。その優雅な昆虫は、花瓶の花にしばらくとまった後、ふいに少年の顔の上に舞い降りた。大きな羽根が、ゆらりと揺れる。やがて少年が眼を覚まし、蝶はふっと飛び立った。病床の子供は飛び去る蝶々を、名残惜しげに見つめていたが、突然、様子がおかしくなる。激しい咳と共に、少年の顔はたちまち真っ赤に染まる。汗が異常に噴き出し、彼の喉《のど》はぜいぜいと不気味な音を漏らした。母親が飛び起き、喉を掻《か》きむしって苦しむ我が子を見て悲鳴を上げた。医者や看護婦が、ばたばたと駆け込んでくる。必死の手当てが行われるが、やがて医者の一人が放心したようにつぶやく。

「駄目だ、死んでしまった……」

ふいに嗚咽《おえつ》の声が聞こえた。麗音が怯《おび》えて泣いている。最後につぶやいた男、彼は間違いなく麗音の父親だろう。どことなく面差しに似通ったところがあった。僕は再び視線を戻した。だが、そこに先刻の情景はなかった。暗がりのなか、埃まみれのスチールベッドがぽつんとあるきりだ。そのむき出しのマットレスの中央に、さっき逃がした蝶がいた。優雅な黒いベールの貴婦人が。

あの子は蝶に殺された。今の情景を見るかぎり、そうとしか考えられない。だがいったい、そんなことがあり得るのだろうか？

黒い蝶は大きな羽根を二、三度震わせると、ふわりと宙に浮いた。そしてひらひらと泳ぐように部屋の中を飛び回り、やがて破れたガラス窓から飛び出した。見ている間に、たちまち蝶は夜の闇に溶けていった。

振り向くと、麗音の姿も消えていた。僕はまた、廃屋の中で一人きりになっていた。

翌日、僕はまたしても芹沢病院へ行った。あの蝶のことが、どうしても気になって仕様がなかった。途中、信吾の家へ寄り、虫籠を返した。信吾は、どこへ行くとも聞かずについてきた。病院の前に、白いピカピカ光る車が駐まっていた。僕らは雑草の中をそっとかき分けた。裏庭に紺色の品のいいワンピース姿の女性が立っている。ハンドバッグから何か取り出し、マッチで火をつけた。どうやら線香らしかった。彼女は細い煙を上げるそれを地面につきたて、両手を合わせた。その時初めて彼女がバッグと一緒に抱えているものに気づいた。白い封筒だった。僕はようやく、その女性が誰であるかを悟った。

「幸ちゃん、ごめんねえ」その人は言った。「許してね」

あの人は、僕の手紙を読んでくれたのだ。どこの誰ともしれない人間からの手紙を。そして、信じてくれた。彼女は繰り返し、繰り返し、最初の言葉を口にした。ごめんね、許してね……。

「あのおばちゃん、可哀想やな」

信吾が耳元でささやいた。僕はうなずき、そっと二人でその場を離れた。

僕はそのまま家に戻り、畳の上に大の字に寝ころがった。何だかすごく切ない気分だった。ごろりと寝返りをうったとき、電話のベルが鳴った。ある予感があり、僕は飛び起きて受話器を取った。聞き覚えのある、落ち着いた女性の声が聞こえてきた。

「麗音の様子が変わりました。覚醒の兆候がある、とお医者様がおっしゃっています」

「本当ですか」

「ええ。それにあなたにお見せしたいものがあります。今からいらして下さいませんか？」

二つ返事で受話器を置くと、僕は家を飛び出した。

病院に着くと、麗音の母親は一通の手紙を差し出した。僕がためらっていると、にっこりと微笑んで言った。

「気にしないで。誰かに読んで欲しいの」
昨日とは打って変わった、華《はな》のような笑顔だった。その瞳には、絶望に代わって、希望がきらめいていた。僕は手紙を受け取り、読み始めた。それは行方が知れなかった、彼女の夫からの手紙だった。

『……幸福が崩されることは、何とたやすいのだろう。自分を豪胆で、何ものをも恐れぬ男だなどと信じていたのは、いつのことだったろうか。今は全てが、遠い昔のことのように感じられるのだ。

幸一君の死を振り返っても、そこに残るのは苦い戸惑いと、不意を打たれたような驚きばかりだ。あの少年の病気は、あくまでも軽い気管支喘息《ぜんそく》に過ぎなかった。重い喘息の発作で死亡に至ることは稀《まれ》にあるが、子供の場合は滅多にない。あの時患者には、消化器系、心臓循環器系に激烈な変化が認められた。また、発熱、胸部閉塞による呼吸困難などの症状がほぼ同時に起こり、死亡に至る時間はわずか三十分程でしかなかった。それこそあっという間の出来事だったのだ。深山夫人が主張したように、他の病院、他の設備、他の医師であれば、少年を救い得たのだろうか？　今となっては虚しいそうした仮定から、恐らく私は永遠に自由にはなれないだろう。

少年の身にいちどきに起こった症状から、唯一考えられるのは、アナフィラキシーだ。これはアレルギー反応が急激に起こった際のショックである。紀元前のエジプトの王様が、蜂に刺されて死亡したという史実なども、このアナフィラキシーによるものだ。私はずっとこの問題について考えていたのだが、幸一君は何かに対して、強烈なアレルギーを起こす体質だったのではないだろうか。だが、いくら考えてもその〈何か〉がわからない。いったい、いかなる経路を辿って、その〈何か〉が体内に侵入し、少年を死なせてしまったのか……』

ここまで読んで僕は、あっと声を上げそうになった。〈何か〉の正体に思い当たったのだ。正確に言えば、その〈何か〉を運んだ黒い使者。あの黒いベールの貴婦人。花から花へ飛び回り、カラスアゲハは蜜を吸う。蝶の脚には花の花粉がたっぷりと付着する。そのどれかの花粉が、少年に致命的なアレルギー反応を起こさせる引き金となってしまったのではないだろうか。あの時蝶は少年の口許にとまって休んだ。鼻から吸い込むか、なめるかして、死の粉が少年の体内に入り込んだのだとしたら？　もしそれが事実だとしたら……。

何ということだろう？　全ては偶然が引き起こした、不幸な事故だったというわけだ。たった一匹の蝶の為に、少年は生命を失い、母親は哀しみに引き裂かれ、そして麗音の家庭は崩壊してしまった。僕は一つ大きく息を吸い、再び手紙を読みつづけた。

『私は今、ある過疎の村にいる。私が来るまでは、完全な無医村だった。若い者は皆都会へ流出し、残っているのは老人ばかりだ。村はやがて滅び行く運命だ……。だが村人は皆、私を頼りにし、敬愛してくれる。そして必死でしがみついてくるのだ。私を失うまいとして。

そんな人々を置いて、どうしてこの地を離れることができるだろう？　最初は単なる逃げ場でしかなかった所で、私はかけがえのない存在になってしまっている。

本当に勝手だと思う。それでも私を待っていて欲しいと願うのは。家族を置き去りにし、逃げ出してしまった弱い私が、必ず戻るから待っていてくれと言っても、貴女はもはや信じないだろうか？　いつか必ず全てを取り戻せる、すっかり同じでなくともいい、違う幸福が手に入ると信じるのは愚かだろうか？

今後も送金を続けることにする。情けないほど、わずかな金額でしかないが、私の家族に対する思いの証として、送ることを許して欲しい。もし貴女が別な幸福を見つけ、手に入れたいと望んだ時は……。その時は必要な書類を送ってくれれば、私は全ての項目に記入し、判を押すだろう。そして村と共に、この地で滅びてゆくだろう。それもまた、ひとつの人生ではないか？

最後に麗音に伝えて欲しい。お前の父親は、自らの良心に恥じるようなことは決してやっていないと。逃げ出してしまった弱い父親を怒ってもいい。だがそれだけは信じてくれと。

麗音のことを、どうかよろしく頼む。あの子は年齢不相応にしっかりしているように見えて、ひどく脆いところがある。申し訳ないが、他にあの子を任せられる人とていない。貴女だけなのだ、私には。勝手な男の勝手な願いを、きっと貴女はきいてくれると信じている』

そこで文面は終わっていた。封筒の中にまだ何か入っている。引っ張り出してみると、くしゃくしゃになった一万円札が二枚出てきた。僕は眼の前に立つ女性を見つめた。彼女の顔は、誇らかに輝いていた。

「それでは、待つつもりなんですね」

僕は尋ねたが、聞くまでもないことだった。

ふいに病室が慌ただしくなった。やがて中から出てきた看護婦が、僕たちに向かって叫んだのだ。

「麗音ちゃんが気づきました！」

麗音の母親は小さく叫ぶと、病室に駆け込んで行った。僕は廊下に残され、壁にもたれて立っていた。開け放たれた窓から気持ちのいい風が流れ込み、僕の頬を撫でていった。

数日後、麗音の母親からまた電話があった。

「あの子が優多さんにお会いしたいと申しています」

そう彼女は言った。

「もう面会できるんですか？」

「ええ。もうすっかり元気で、走り回りたくてうずうずしていますわ」

それでこそ麗音だ。僕は受話器を置くなり、家を飛び出した。

ドアをノックして、病室に入って行った。入れ違いに麗音の母親は外出するところだった。買い物に行くのだという。二人きりで取り残され、間の悪い空気が流れた。何だか少し照れくさかった。麗音はあの大きな眼をまじまじと見開いて、黙って僕を見ている。

「やあ、初めまして」僕は麗音に向かって軽くお辞儀をした。「て、言うのも何か変だけどさ」そう付け加えて、笑った。麗音も少し笑った。確かに変だ。だけど、ここから始めなきゃいけない気がした。僕らの奇妙な出会いの、これが始まりなんだから。それから僕は気にかかっていたことを尋ねた。

「あの子はどうなった？」

こぼれ落ちそうに大きな眼で、相変わらず麗音はじっと僕を見ていた。そして初めて口を開いた。

「行っちゃった……黒いベールの貴婦人と一緒に」

どこへ？　そう聞きかけて、やめた。何となくわかる気がした。哀しみも、苦しみもないところ。病気も痛みもないところ……。

「ねえ」ふいに麗音が言いだした。少女の瞳がくるんと光った。「お母さんから聞いたんだけどさ。今は男が余ってるんだって」

唐突に、この子は何を言いだす気なんだろう？　戸惑う僕にお構いなく、確信に満ちた口調で麗音は続けた。

「だからユータは絶対余るよ」

おいおい、勝手に決めるなよな。そう言おうとしたが、麗音に先を越された。

「だから」と、少女は早口に言葉を続けた。「麗音が大人になってもユータが余っていたら、可哀想だから麗音がお嫁さんになってあげるね」

およそ十二歳の女の子なんて代物は、小生意気で扱いにくくて、恩きせがましくて、そして……ちょっとばかり可愛らしい。麗音は小さくはにかんだように笑ってから、例の調子っ外れなハミングを、楽しそうに世界に向かって奏でてみせた。

# エンジェル・ムーン

## 1

季節の変わり目に降る雨は、いつも私の心をざわめかせる。夏の終わりの夕立ちや、枯れ葉と共に散る秋雨、そして冷たくて透明な雪解《ゆきど》けの雨は、確かに一つのシーズンの終焉《しゅうえん》であり、新たな変化のきざしだ。皮膚や肺や内耳や、心のどこか奥深いところが、そのわずかなシグナルを感じ取ろうと懸命になる。

それは予感であり、訪れだ。

けれど、春の終わり、そして夏の始まりに降る雨は……。あのうっとうしい雨の季節には、私の心は果てしなく深く沈み込む。もう春ではとうていありえなく、といって夏と呼ぶにはやや早過ぎる頼りなさが、私をきりきりと不安にさせる。

六月の雨は嫌いだ。

春の名残を未練たらしく抱え込み、しかも夏への憧れを隠そうともしない、あの曖昧《あいまい》な雨のシーズン。空はぼんやりとした雨雲に占拠され、青い空も太陽も、満天の星も、そして青白い月も、みんな天使だけのものになる。

だから。

六月の雨は嫌いだ。いつまでもいつまでも降り続け、世界を歪《ゆが》んだ水球の中に閉じ込めてしまいそうな、六月の雨は嫌いだ。

2

その男は夢を見ていた。

とうの昔に過ぎ去った日々の夢を見ていた。

彼はもはや、かつてのように若くはなかった。頭髪に最近眼に見えて増え始めた白いものが、それを雄弁に物語っていた。だが、決して年老いているというわけでもなかった。満員電車で席を譲られるには、まだ少し猶予《ゆうよ》があった。誰かに席を譲ることに、以前は感じなかった、わずかなためらいを覚えはじめてはいるけれども。

男の年齢は、ちょうどそうした、微妙で曖昧な頃合いに差しかかろうとしていた。

夢のなかで、彼は潑剌《はつらつ》とした若者に戻っていた。彼の腕の中で、彼女はまるで天使のようにあどけなく微笑《ほほえ》んでいた。

（エンジェル・ムーンって言うのよ、素敵なお店なの。優しいマスターがいて、おいしいコーヒーが飲めて、そしてね、たくさんの魚がいたのよ）

サカナ？　と男は首を傾《かし》げた。

（喫茶店のメニューに、魚があったのかい。変な店だね）

（違うわよ、生きてるお魚。色んな大きさのがいたわ。野菊の花びらみたいに小さな魚や、切手くらいのや、子供の掌《てのひら》くらいのや。ひらひらする魚に、尖《とが》った魚、ふっくらと丸い魚。それにね、色も模様も色々なの。縞模様にぶちにツートン、赤や青やオレンジや、それに金や銀色も。不思議な具合に光るのよ。とてもきれいなの）

（俺の知ってる魚とはずいぶん違うな。そんな魚、見たこともない）

彼女はくすりと笑った。

（あなたの知ってる魚って、アジやサンマやイワシのことでしょう？）

（いやいや、タイにヒラメにマグロだよ）

彼女はもう一度笑った。透明な風のように、澄んだ声を立てて笑った。

（違うのよ、私が言っているのは魚屋で売っている魚じゃなくってね、熱帯の川や湖に棲んでいる淡水魚のことなの。南アメリカのアマゾン川、アフリカのビクトリア湖やコンゴ川、インドシナのメコン川、タイのメナム川……）

（ずいぶん遠いところだ。暑いんだろうな）

（ええ。暑くって、そして雨がたくさん降るところよ。いっぱい降って、どんどん蒸発して、

そしてまた降ってくるの。そうやって、水がぐるぐる回り続けて、そんな中に、無数の魚たちが泳いでいるのよ)

(熱帯雨林地方の雨、か……。ああいうところの雨は、ものすごいんだろうな)

(ええそうね。日本の雨からは想像もつかないわ。まるでこの世の終わりみたいに降るんじゃないかしら。ねえ、熱帯魚はとっても種類が多いんですって。何百種類も、何千種類もいるんですって。魚たちがあんなに色々な大きさや色や形をしているのは、そのせいなのよ。たくさんの魚たちの中から、間違いなく自分と同じ種族を見つけられるように)

(へえ、ちっぽけな魚の色や形にも、ちゃんと意味があるってわけだ)

心底感心する相手に、彼女はふいに生真面目《きまじめ》なまなざしを向けた。

(ねえ、今度二人で行ってみない?)

(どこへ?)

(エンジェル・ムーンへ。あなたが先に行って待ってるの。私、後からきっと行くから)

(同じ家に住んでいるのに、待ち合わせ?)

(そうよ。あなたは私がなかなか来ないから、苛々《いらいら》するの。来ないんじゃないかと不安になるの。だけど待っててね。きっと行くから、待っててね……)

そこで甘やかな夢から覚めた。彼はそっと身を起こし、窓を細く開けた。湿った空気がゆるゆると流れ込んでくる。彼は満足だった。こんな朝は、何が起こっても不思議ではない。

霧のように細かな雨粒が、明け方の街に薄く煙っている。

3

朝から温かい雨が降っていた。世界はまだ固まりきっていないゼラチンのように、わずかに揺らぎながらたたずんでいる。

店先のだんだら模様の日よけから、ひっきりなしに落ちてくる雨だれを、私はじっと見つめていた。日よけには三角形のひらひらする縁飾りがついていて、何だかピエロの衣装を連想させる。その三角の頂点に水滴が集まり、緊張に満ちた雫《しずく》を作り上げてから、ぽとりと落ちた。瞬間、小さな水球には周囲のあらゆるものが映し出される。色の褪《さ》めかけた日よけの赤と白も、カラフルな傘をさして道を行く人々も、『エンジェル・ムーン』なんていう、どうにも少女趣味な名を持つこの店も。

こうしてぽかんと窓辺で往来を眺めている私の顔だって、きっと映っているに違いない。首のところでぶつりと切りそろえた髪――前髪は下ろさずに、サイドにふわりと流してある――に縁取られた、尖った顎に、肉の薄い頬。『シャープで知的』と言ってくれる友達もいるけど、私は大っ嫌いだ、こんな顔。痩せっぽちで賢《さか》しげで、とりすました女の子の顔だ。

雫はきれいなものも、そうでないものも、あらゆるものを一緒くたに映し出したまま、くるくる光りながら落ちてゆき、無骨なアスファルトに触れて、瞬時にぱっと四散した。

少し先の四つ角を、真っ赤な車がしぶきを上げながら曲がって行くのが見えた。まるでガラス板にぶつかる寸前で、ひらりとターンする赤い魚みたいだ。魚の方が幾分大胆で、そしてだいぶん優雅だけど。

私は両手で口許を覆い、そっとあくびをしようとした。その時、店の奥から名前を呼ばれ、慌てて出かけたあくびをかみ殺した。

カウンターの内側には、コーヒー豆と格闘する伯父の姿があった。

「しょうがない奴だな。また学校をさぼったのか？」

口髭を指で整えながら、彼は言った。十年前にこの店を始めたと同時に、伸ばし始めたと聞いている。何でも自由と自営業の象徴なのだそうだ。いかにも伯父らしい、シンプルな発想である。

「やだなあ、伯父さんてば。今日は祭日じゃない」

私はにっこりと相手に笑いかけた。

「嘘つけ、いくら俺でも、六月に休みがないことくらいは知ってるぞ」

「知らないの？　今年から六月六日は国民の休日になったんだから」

私は実に白々しい嘘をついた。伯父は一瞬真顔になったが、すぐに気づいたらしく怒り始めたので、仕方なく本当のことを言った。

「今日は本当にさぼりじゃないってば。創立記念日なのよ」

「嘘つけ、かおりの学校の創立記念日って、確か秋だったろうが」

「それは中学の時の話。それに、嘘つけって言うのやめてよ。子供みたい」

伯父はひょいと肩をすくめた。

「言いたくもなるさ、こんな嘘つき娘を姪《めい》に持てばね。嘘つきは泥棒の始まりっていうぞ。お前の父親も気の毒に、さぞ嘆いているだろうなあ」

「あの人は何も言わないわよ、学年で十番以内をキープしてればね。私、ちゃんとやることはやってるんだから」

伯父は鼻白んだように黙り込んだ。

つまらないことを言ってしまった。ちらりと悔やんだが、もう遅い。言ってしまったことへの後悔に、言えなかったことへの後悔。私の場合、格段に前者が多い。

伯父は一、二度首を振った。

「俺には親子のことはよくわからんよ」

どこか拗《す》ねたような口ぶりだった。

伯父は、はやくに奥さんを事故で亡くしてからは、ずっと一人で暮らしていた。もちろん子供はいない。再婚話はそれこそ降るようにあったらしいが、ことごとく蹴飛ばしてきたそうだ。

『いまさら面倒臭い』というのが、伯父のいかにも正直な言い分だった。

その伯父は今、ブレンドしたばかりのコーヒー豆を使って、さっそくその日最初の一杯を淹《い》れようとしていた。まず、ぷんと香ばしい香りがたちのぼり、それが様々な過程を経て次第に濃密になっていく。

『ブレンドの秘訣は、九十九パーセントのいい豆と、一パーセントのインスピレーションさ』

冗談まじりによくそう言うように、伯父のブレンドのやり方は、むしろ発明家の仕事ぶりに通じるものがあるのかもしれなかった。あれこれと混ぜたり計ったりという作業が楽しくてたまらないらしく、しばしば新たな試作品を作り出しては、私に味を見にこいと言ってくる。素晴らしく美味《おい》しいこともあれば、時には明らかな失敗作もあった。

『だから面白いんだよ』

本当に面白そうに伯父は言う。『試行錯誤もヴァリエーションの一つってな。楽しんでしまうに限るのさ』

伯父の人生哲学は単純で、実に明快そのもので、だからとてもわかりやすかった。

伯父とエンジェル・ムーンとは、水辺に立つ樹と水面の影のようによく似ている。

その外観は、ちょっとばかり古びて、全体に色の褪めた印象を人に与える。とは言っても、決して見苦しいというのではない。どこもかしこもきちんと整えられているし、きわめて清潔だ。ちょっとした洒落《しゃれ》っ気も忘れていない。おしゃべりでも無愛想でもない、頑固だけどあたたかみがある、そんな伯父の人柄が、実に端的に表れている。

　ところが一歩中に足を踏み入れると、そこには外側からは想像もつかないような世界がひろがっているのだ。

　ドアを開けた客をまず出迎えるのは、規則正しい水音だ。それは小川のせせらぎに少し似ている。雨の音にはもっと似ている。注意深く耳をすましていれば、その水音に混じって蜜蜂の羽音のように軽やかな音も聞き取れるかもしれない。

　それは、耳に届いた次の瞬間にはもう、空気に溶けてしまう類《たぐい》の音だった。


レッド・プラティ、ドイツ・イエロー・タキシード、グラス・ブラッドフィン、カーディナル・テトラ、ペンギン・テトラ、キッシング・グラミー、シルバー・ハチェット、コリドラス、ブラック・エンジェル……。

「これは？」「こっちは？」「それじゃ、あっちのは？」

　初めて伯父の店を訪ねた時、矢継ぎ早に尋ねる私に、伯父はうるさがりもせず、次々と答えてくれた。片仮名ばかりのその名の羅列は、まるで夢のなかの呪文《じゅもん》のようだ。

　エンジェル・ムーンは、それまで私が知っていた喫茶店とはあまり似ていなかった。むしろ水族館か、でなければ竜宮城に似ていた。大小様々の水槽がところ狭しと据えられ、この上なく美しく、色鮮やかな魚たちが、ゆらゆらと揺れる水草の間を優雅に泳ぎ回っていた。

ヒーターやサーモスタットのかすかな作動音や、エアーポンプのたてる水音が常に響いているにもかかわらず、店の中はいつも静かだった。

今は六月。雨のシーズンだ。

「ねえ伯父さん。伯父さんはどうして、会社を辞めちゃったの？」

伯父が淹れてくれたコーヒーを飲みながら、ふと前々から聞きたかったことを尋ねてみる気になった。

「藪《やぶ》から棒に何だ」

伯父は怪訝《けげん》な顔をする。

「だって伯父さん、昔は普通のサラリーマンだったんでしょ」

「普通の、じゃない」伯父は顔の前で人指し指を振った。「エリートサラリーマンだ」

「はいはい」

と私は軽く片づけたが、伯父の言葉はまるきり冗談というわけでもないらしい。

『あのまま勤めていれば、今頃は重役にでもなっていたろうになあ』

残念そうに父がそう言うのを聞いたことがある。日頃の伯父のマイペースぶりをよく知っている私には、ちょっと想像がつかない話だが。

「懐かしいなあ。中途退職する奴で、あれほど惜しまれた社員はちょっといないぞ。あん時の感動的な送別会、かおりにも見せたかったよ。ハンディビデオで録《と》っておきゃあ良かったな」

しきりに残念がっているが、当時そんなものがあったとは思えない。

「それで、どうしていきなり辞めちゃったの？」

「そりゃ、この店を作りたかったからに決まってるじゃないか」

伯父は、そんなこともわからないのか、と言わんばかりの顔をした。

「じゃ、このお店を作りたくなったのはどうして？」

質問を変えた途端、伯父はまるで内気な男の子みたいに顔を赤らめた。

「子供があれこれ大人の事情を聞きたがるもんじゃない」

典型的な大人の逃げ口上に、私は口を尖らせた。

「私、もう十六になったんだから」

そう言うと、伯父はまるで不意をつかれたような、何やら奇妙な表情を浮かべた。

「まだ十六って言い方もできるぞ」

「私は好きじゃないな、その言い方」

わざと生意気な口調で言い返した。ちらりと伯父を見やると、相手はふいに大声で私の名を呼んだ。

「おい、後ろに何かいるぞ。冷たくって真っ白な……幽霊だ！」

いまいましいことに、思わず「きゃっ」などという、可愛らしくも恥ずかしい悲鳴がこぼれてしまった。

そっと振り向くと、眼の前には巨大な水槽があった。ガラスを隔てて一番近いところに、長いひれを持った白い魚が、ゆらゆらと揺れていた。

「お化けを怖がってるようじゃ、まだまだ子供だな」

にやにや笑って言う。伯父もずいぶん人が悪い。

「何よ、急に大声出すから、びっくりしただけじゃない」

「まあそうむくれるな。面白いことを教えてやるから」

「面白いこと？」

「今まで誰にも言わなかったことさ。あのな、幽霊がやって来るんだよ、この店に。本当にやってくるんだ、小さな白い幽霊が」

「伯父さん、ふざけてるでしょ」

情けない声を出して、私は周囲を見回した。怪談話は正直言って苦手だ。

「別に怖がらなくてもいいさ。あの子はちっとも怖くない幽霊だから」

「あの子？」

「女の子だよ、かおりと同い年くらいの。かおりと何一つ変わらない、ごく普通の女の子さ。ちょっとばかり風変わりだけどね。あの子が初めて現れたのは、そうだな、ちょうどこんな雨の日だった……」

そんな前置きをして、伯父は語り始めた。幽霊の話をするには、ちっともふさわしくない、陽気で朗らかな口調で。

私は半ば呆気《あっけ》にとられて、伯父の話に聞き入っていた。

4

彼女が最初にその店を訪れたのは、雨の日のことだった。

「お早う」と挨拶するにはやや機を逸し、「こんにちは」にはまだ少し早い。そんな中途半端な時刻のことだった。

彼女はまだほんの少女だった。きれいに編んだ二本の長いお下げ髪と、心持ち上気した頬と、印象的に輝く瞳。そして恐れげのない好奇心。それが彼女だった。

そっとドアを開け、ベルが涼しい音をたてても、その店の主人は顔も上げようとしなかった。長方形の巨大な水槽を前に、真剣な面持ちで屈《かが》み込んでいる。少女は静かに近づいて行き、向かい側から同じ水槽を覗《のぞ》き込んだ。男はぎょっとしたように顔を上げた。黄緑色に揺れる水草と、奇妙に光る鱗《うろこ》を持った魚たちの向こうに、一人の少女が立っていた。精一杯背伸びした好奇心と、少しばかりのためらいとが、その表情に見え隠れしていた。

(雨が降ってきたから……)

少女は何とはなしに、挑むような眼つきを店の主人に向けた。その眼は、自分は一人で喫茶店にだって入れる大人なのだと、誇らかに告げたがっているようだった。だが次の瞬間には、その自信も揺らいできたらしい。少女は頼り無げに首をすくめた。

（……まだ準備中だから、駄目？）

だがその言葉にも、彼女の矜持《きょうじ》は残されていた。よしんば追い払われるにしても、それは準備中の為であって、自分が保護者なしには喫茶店にも出入りできないような子供だからでは、決してないのだ。

（でも雨が降ってきたから……）

ふたたび少女は同じ言葉を、まるでアラビアンナイトの呪文か何かのようにつぶやいた。

（お入り。どっちみち、開けようとしてたところだ）

ぎこちなく彼が答えると、少女の瞳にちらりと勝利の色が走った。弾むような足取りでカウンターに近づき、背の高い椅子に腰掛けた。

（何にするね。ミルク？　それともココア？）

彼は無愛想に尋ねた。少女は鳩のように小首を傾げ、唇を尖らせた。

（あら、だってここはコーヒー屋さんでしょ？）

まるで〈お花屋さん〉だとか、〈八百屋さん〉だとか言うときの、イントネーションとニュアンスとで、少女は言った。彼は軽く肩をすくめると、黙って支度に取りかかった。それを見て、少女は満足そうに微笑んだ。それは彼女にとって、二度目の勝利だったから。

（私が学校をさぼっているんだと、思ってるでしょ）ふいに、少女は抗議するような口調で言いだした。（違うんだから）

その言葉を信じたかどうか、探るように相手を見た。そしてつけ加えた。

（でも、学校ってあんまり好きじゃないけどね。そりゃ、その時にもよるけど。一番嫌いなのはね、数学。ねえ、連立方程式だとか、公式だとか、大人になって何の役に立つのかな。おじさんはどう？　コーヒーを淹れる時、$x+y=z$なんて計算してる？　してないわよね）

思わず彼は声を立てて笑った。

（子供は学ぶものだよ。役に立つか立たないか考えるのは、大人になってからでいい）

（あら、私はもう十六よ）

憤然とした面持ちで少女は言った。

（まだ十六っていう言い方もできるさ）

少女はその言い方はあまり気に入らないようだったが、ふたたび元の話題を続けた。

（とにかく数学は大嫌い……音楽は好きよ。体育も得意、大抵はね。国語も、地理も、歴史の授業も好きだけど、音楽が一番好き。おじさんは？）

彼は少し考えるように黙り込んだが、やがて首を振った。

（さあ、忘れてしまったな。俺が学生だったのは、ずいぶん昔の話だから）

長い年月はたくさんのことを忘れさせる。忘却とは無体《むたい》な暴力ではなく、穏やかな慈悲だ。

それを少女が知るのは、ずっと先のことになるだろう。

（ねえ、どうしてこの魚たちは、こんなに色んな色や形をしているの？）

少女はまた話題を変えた。目まぐるしい彼女の思考に、男は幻惑される思いだった。この年代の少年少女は、信じられないほどに密度の濃い時間の流れの中にいる。（それは……）ゆっくりと彼は答えた。（何百何千っていう種類の魚の中から、間違いなく、自分と同じ種族を見つける為さ）

少女はその答えに、ひどく感銘を受けたらしかった。

やがて少女は、山盛り二杯の砂糖を溶かしこんだコーヒーをおいしそうに飲み終え、大いに満足して帰って行った。

残された彼はほうっとため息をついた。空気がほのかに甘い気がした。

## 5

「なあに、それのどこが幽霊話なのよ」

別に怖くも何ともない。どこかの女の子がやってきて、伯父を相手に勝手気ままなことをしゃべっていった。ただそれだけの話だ。だが伯父は曖昧に首を振った。

「確かにこれだけじゃ、いったい何が起こったのかわかれって言っても無理だろうけどね……こういう言い方をしたらいいかな。この店はな、レコードプレーヤーなんだよ。エンジェル・ムーンって名前のね。かおり、お前、まさかレコードを知らないとは言わないよな」

「レコードくらい知ってるわよ。昔、CDがなかった頃にはそれで音楽聴いてたんでしょ」

「昔、か」伯父は苦笑した。「レコードで音楽を聴いていたのは、大して昔のことじゃないんだけどな、本当にあっという間にレコード屋からなくなってしまったなあ」

途端に伯父の口調がしんみりとしたものになる。無理もないかもしれない。いまだにその古いレコード盤を、何百枚も大切に持っている人だから。

伯父は何やらごそごそとカウンターの引出しを探っていたが、やがて何かを大切そうに取り出した。赤い表紙の小さなノートだった。

「なあに、それ。ずいぶん古いノートね」

表紙の色はすっかり色あせているし、縁の部分もすり切れてぼろぼろになっている。伯父はそのノートを、指先でそっとなでながら答えた。

「これがレコード盤だよ」

伯父は比喩的な言い方をし、私は即物的に翻訳した。

「日記帳ね」

表紙にダイアリィと書いてある。「これ、誰の日記なの?」

ずいぶん長い沈黙があった。やがて小さく吐息をついてから、ぽつりと伯父は言った。

「俺の女房だよ……船の事故で呆気なく死んじまった、な」

私がよほど妙な顔をしたのだろう。伯父は私を元気づけるように言った。

「昔の話さ、昔の。そんな顔をされると、俺が困る」

「その日記って、伯母さんがいくつの時に書いていたものなの？」

「十五から十八くらいかな。まだほんの子供の時分だよ」

「伯父さんと結婚する前よね」

「もちろんだ。まだ出会ってもいなかったさ」

「どんなことが書いてあるの？」

「他愛ないことばかりさ。読んだ本のストーリィが事細かく書いてあったり、他には友達のことだとか、芝居や映画のことだとか、女の子なんてものは、今も昔もあまり変わりはないらしいな。それでまあ、その中に、出てくるんだよ」

「何が？」

「エンジェル・ムーンって名の、喫茶店がさ。その頃は十五、六の女の子が一人で喫茶店に入るなんて、常識じゃ考えられなかった。だけど日記を読んだ限りじゃ、そうしたらしい。とにかくその店のマスターは、背伸びした女の子を追い出すようなことはしなかった。それに気をよくして、彼女はその後何回か、同じ店に出かけて行った。よっぽど楽しかったんだろうなあ、呆れるほど事細かく、店の様子だの、マスターとの会話だのを書き残して……」

「ちょっと待ってよ、伯父さん」私は伯父の言葉を遮った。「それじゃ伯父さんは、昔、奥さんが気に入って通ってた喫茶店と、同じ名前の喫茶店を作ったってわけ？」

「同じなのは名前だけじゃないさ」

伯父は何だか威張ったように言った。

「まさか……」私は周囲をぐるりと見渡した。

「何もかも、日記に書いてある通り、そっくりそのままのお店を作っちゃったってこと？」

「そうさ、ここは完璧だよ」伯父は胸をはった。「きっと本物よりも、本物らしいぞ」

「本物のエンジェル・ムーンを知っているの？」

「さあ知らん。探してみたけど、見つからなかったよ。だから作ったんだ」

あっさりと言ってくれる。

「よくそんな突拍子もないこと思いついたわねえ……実行しちゃうところもすごいけど。そんなことをして、何になるのよ」

伯父は不本意そうな顔をした。

「いつだったかあいつは、『待っていて』って言ったんだよ。『エンジェル・ムーンで待っていて』ってな。後からきっと行くからってさ」

「だって奥さんはとっくに死んじゃってるでしょう？」

伯父はふと視線を浮かせた。まるで遠くの渡り鳥を数えているような眼だった。

「お前にはまだわからないだろうよ。かけがえのない人間を亡くすのが、どういうことか、なんてね。そんなこと、一生わからずにすむんなら、もちろんその方がいいけどな」

私はちょっと黙り込んだ。伯父が口にした、〈かけがえのない〉という言葉は、何だかとても切なかった。

「でも伯父さん」おずおずと、私は尋ねた。

「まさか本当に、信じてるわけじゃないんでしょう？　雨の日にやってきたその女の子が、生きてた頃の……少女時代の奥さんだなんてこと」

「信じているさ」伯父はおどけた顔をしてみせた。「子供がサンタクロースを信じてるのと、同じくらいにね。なあ、かおり。俺は思うんだけどな、奇跡ってのはまったくサンタの爺さんによく似ているよ。信じて待っている人間のところにしか、やってこないんだよ」

「……サンタクロースなんて、子供騙《だま》しよ」

我ながら可愛げのないことを口にした。けれど伯父はびっくりするくらい、優しく笑った。

「だけどかおりのところにもやって来ただろう？　子供の頃にはさ」

私は曖昧にうなずいた。確かに子供の頃には、魔法は実在していた。たとえあっと言う間にとけてしまう魔法だったとしても。

「あの子はな、エンジェル・ムーンが奏でた音楽なのさ」

切ないくらい楽しそうに、伯父は言った。

「ねえ」と私はカウンターの上を指さした。

「その日記、読んでもいい？」

伯父は照れくさそうにうなずいた。

でたらめに開いたページの中程に、エンジェル・ムーンという文字が躍っていた。

私は店の椅子に腰掛け、その古い日記を読み始めた。

風変わりで生き生きとした少女は、長い年月を越えて確かにそこに存在していた。

## 6

(私のこと、覚えてる？　また来たのよ)

カウンターの上に両肘《りようひじ》をつき、相手の顔を見上げるように彼女は言った。そのまなざしを正面から受けた彼は、まぶしそうに眼をしばたたかせ、

(もちろん覚えているよ)

低い声で、そう答えた。

少女の様子は、以前にやってきた時とは微妙に違っていた。二つに分けて編んであった長い髪はほどかれ、まっすぐ背中に流れ落ちている。そしてその瞳に天真爛漫《てんしんらんまん》な無邪気さが輝いているのは変わらなかったが、同時に微笑ましいような分別臭さも覗いていた。あの、背伸びするが故にかえって強調されていた、あどけない子供っぽさは影を潜めていた。代わりにその物腰や口調には、いくらか大人びた様子が加わっていた。

(女の子ってのは、まったく不思議な生き物だ)

当惑する彼をよそに、少女は嬉しげに水槽を次々と検分していった。店の中央に据えられている、大きな水槽の前で立ち止まり、

(白雪姫の、ガラスの柩《ひつぎ》みたい)とつぶやいた。それから彼を振り向いた。(この魚なら知

ってる。エンジェル・フィッシュね。黒いのなんて、初めて見たわ。これ、なんていう種類なの？）

（ブラック・エンジェルだよ）

　コーヒーを淹れる手を休めて、彼は答えた。その名は彼女を満足させたらしかった。

（ふうん、素敵な名前）

　味わうようにその名を繰り返してから、もう一度水槽を覗き込み、ふいに大声を上げた。

（ねえ、一匹だけ、白いのが混ざっているわ。あれは何？）

　ああ、と彼はつぶやいた。

（同じブラック・エンジェルだよ。ただしそれはアルビノだけどね）

（アルビノって？）

（突然変異の白子《しろこ》のことだよ）ぼそりと彼は答え、それがあまりにも無愛想に聞こえたのではないかと考えてつけ加えた。（生まれつき、色素を持たないんだよ）

　少女は心底感心したらしかった。

（白いブラック・エンジェルですって。自然もずいぶん面白い悪戯《いたずら》をするのね）

（昔から白子の動物は神様のお使いなんて言われていたからね。こいつもエンジェル・フィッシュだけに、神様のお使いかもしれない）

　少女はくすくす笑った。

（だって天使はもともと神様のお使いだわ）

（参ったな、本当だ）

彼も一緒になって笑った。だが、少女はふいに気づかわしげな顔をした。

（ねえ、いつか言ってたわよね。魚たちが色んな色や形をしてるのは、同じ種族を間違いなく見つける為だって。それじゃあこの白い子はどうなるの？）

（大丈夫、天使が放っておくわけがないよ）

彼が請《う》け合うと、少女はふわりと微笑んだ。

（そうよね、こんなにきれいなんだもの、大丈夫よね……）

## 7

雨の音が、少し強くなっていた。

伯父はポケットから懐中時計を取り出し、蓋《ふた》を開けた。

「もうこんな時間か。いい加減に店を開けないとな」と立ち上がりながら、蓋を閉じた。

ぱちん、とかすかな音が響いた。

ちょうどその時、カランとベルが鳴り、私たちは同時に振り返った。ドア口に立っているのは、十七、八くらいに見える女の人だった。

きれいな人だった。パーマっけのない長い髪が、背中まで流れ落ちている。大きな瞳を縁取る睫毛《まつげ》は長く、ルノアールの描く女性のようになめらかな頬をしていた。淡いブルーの花模様の入ったブラウスに、白のフレアーロングスカートという組み合わせが、ほっそりとしたスタイルによく似合っていた。靴も純白で、右手にブルーのこぶりのバッグを、左手にたたんだ水色の傘を抱えている。

なんて可憐な人なのだろう。私は思わず、小さな吐息をついた。

その時、開いたドアから風が吹き込み、彼女の長いスカートがふわりと広がった。

「いらっしゃいませ」

私の言葉に、彼女は軽くうなずき、慣れた仕種でカウンターの椅子に腰掛けた。

「私のこと、覚えてる？　また来たのよ」

組んだ両手の上に顎をのせ、真っ直ぐに伯父を見上げて彼女は言った。

「もちろん覚えているよ」

低い声で、伯父が応じた。

ぎくりとした。どこかでまったく同じ会話がなされなかっただろうか？

彼女は店の中央に置いてある、長方形の巨大な水槽に近づいて行った。心持ち膝を屈めて、人指し指で柔らかくガラスに触れた。三、四センチほどのブラック・エンジェルの稚魚が数匹、吸い寄せられたように集まり、ふいっとUターンしていった。その中には、純白のエンジェルも混ざっていた。彼女はその白い魚の行方を、ガラスの表面を指でなぞるように追って行った。

私は水槽越しにその様子を眺めていた。彼女はまるで、水の中で魚と戯《たわむ》れる人魚のように見えた。サーモスタットやヒーター、そしてエアーポンプで造り出された人工のアマゾン川。そこで優雅に泳ぐマーメイド。

「白雪姫の、ガラスの柩みたい」

独り言のような口調で、彼女が言った。それから伯父の方をちらりと見やった。

「この魚なら知ってる。エンジェル・フィッシュね。黒いのなんて、初めて見たわ。これ、なんていう種類なの?」

「ブラック・エンジェルだよ」

コーヒーを淹れる手を休めて、伯父は答えた。彼女はその名が気に入ったのか、にこりと笑った。

「ふうん、素敵な名前」

彼女はもう一度水槽を覗き込み、ふいに大声を上げた。

「ねえ、一匹だけ、白いのが混ざっているわ。あれは何?」

ああ、と伯父はつぶやいた。

「同じブラック・エンジェルだよ。ただしそれはアルビノだけどね」

「アルビノって?」

私はぼんやりと、二人のやり取りを聞いていた。

「突然変異の白子のことだよ……生まれつき、色素を持たないんだよ」

雨の音。エアーポンプの音。

「白いブラック・エンジェル……ずいぶん面白い……」

モーターの軽い作動音。

「昔から……神様のお使い……こいつもエンジェル……」

くすくす笑い。

「ダッテテンシハモトモトカミサマノオツカイダワ……」

聞こえてくる音にはすべて、どこか遠くの方から同じ音声がかぶさっているような錯覚を覚えた。こだまを待っている数秒間の、奇妙な感覚。

二人はいったいどこにいる？　いったい何を言っている？　何か変だ。どこかおかしい。

「この子はだあれ？　前はいなかったわ」

ふいに彼女が私を指さした。心臓が滑稽《こっけい》なほどに大きな音をたてた。

「姪っ子ですよ。店の手伝いをしてもらっているんです」

伯父の説明を、彼女はちゃんと聞いているようには思えなかった。大きな瞳でまじまじと見つめられ、私は胸が苦しくなった。

ふいに彼女が赤い唇を開いた。

「ねえ知ってる？　針が一本しかなくても、ちゃんと時間のわかる時計は何でしょう？」

私はぽかんと相手を見つめた。彼女はじれったそうに言った。

「わからない？　答えは〈日時計〉よ」

私はぎこちない笑みを浮かべた。彼女も、彼女のなぞなぞも、私にはよくわからなかった。

「こう雨ばかり降ってちゃ、日時計も役に立たないな」

誰にともなく、伯父がつぶやいた。彼女は大きくうなずいた。

「そうよ、だから雨の日は、時間が止まっているの。魚は泳がないし、水は流れない。鳥も飛ばないし鳴かない。花は新しく咲かない代わりに、枯れることもないの」

歌うように言いながら、低い声をたてて笑う。彼女が口にする、一言一言すべてが不思議な呪文のようだ。

「ここへはよく来られているんですか？」

お冷やのグラスを彼女の前に置きながら、思い切って尋ねてみた。

「そうでもないわ」

「お近くに住んでらっしゃるんですか？」

「いいえ、ずっと遠いところよ」

彼女は気さくに微笑んだ。なんてきれいに笑える人なんだろう？　それからふと傍らの伯父を見て、どきりとした。今までに見たこともないような、優しい眼をして彼女を見ていた。

胸のどこかが、ちくりと痛んだ。

やがて彼女は軽やかな足取りで、楽しそうに帰って行った。

「あの子、いったい何なの？」

ごくさりげなく、尋ねたつもりだった。

「自分で考えてごらん。お前は賢い子だ」

はぐらかすように伯父は笑った。「なあ、かおり。お前の伯母さんは、船の事故で亡くなったんだ。海で死んだんだよ。考えてごらん。海はすべての川につながっているよな。アフリカのコンゴ川にも、インドシナのメコン川にも、タイのメナム川にも……」

「南アメリカのアマゾン川にも？」

私は傍らの水槽を見やった。そこで泳いでいるのは、アマゾン原産の魚たちだ。黒い魚の中の、真っ白なブラック・エンジェル。闇に浮かぶ、真っ白なお月さま。

「このアルビノが俺に……エンジェル・ムーンに夢を運んでくれたのかもしれない。遠い昔に過ぎ去った夢をね」

伯父は手のなかで金色の時計を弄《もてあそ》びながら、静かに笑った。

「なあ、かおり。本当にそう思わないか？　奇跡ってのは、信じて待ちつづけている人間のところへだけ、やってくるんだって」

そう言いながら、私の眼の前でゆっくりと時計の蓋を開いた。その内側には小さな写真がはめ込まれていた。

私は何か言おうとしたが、言葉にならなかった。つい今しがた会ったばかりの美しい女の人に、写真の女性はあまりにも似ていた。ふいに、目眩《めまい》にも似た感覚に襲われた。

ずっと昔にあった出来事が、これから起こる？　今見たばかりの光景が、遥か昔に終わってしまったこと？

時間が止まっている……。そう考えて、首を振った。違う。時は止まってなどいない。同じところを、回り続けているのだ。レコードプレーヤーのように。ぐるぐる、ぐるぐる……。降ってきた雨が蒸発しては、ふたたび地上に降ってくる。そして雨は降り続け……。

伯父の時計が、かすかな音をたてた。それは過去と未来とが、ぱちん、とつながった音のような気がした。

*8*

それから何日か経った。その間、雨は降ったりやんだりしていた。

伯父は彼女のことばかり、口にするようになっていた。今日はくるだろうか、明日はどうだろう……。

なんて幸せなロマンティストなんだろう。私は彼が、とても羨《うらや》ましかった。

そして少し、憎らしかった。

その時それが眼についたのは、ほんの偶然だった。偶然なんてものは、いつだってつまらない事実の上にある。いつも行くコンビニエンスストアが改装中で休みだったから、ワンブロック先の、別な店に行った。途中、スニーカーの靴紐が緩んできたから、立ち止まって結びなおした。たまたまそのすぐ脇に、古びた掲示板があった。芝居やトークショーの宣伝用のチラシが、びっしりと貼ってある。近くに小劇場があるらしい。

私は吸い寄せられるように、そのうちの一枚を見つめた。

その時、私はもう一度あの、ぱちん、という音を耳にした気がした。

私は窓からじっと往来を見下ろしていた。傘をさした人々が、色鮮やかな魚たちのように行き過ぎていった。待つことは何でもなかった。三十年近くもの間、何かが起こるのを待ち続けた人間だっているのだから。

だが私は初め考えていたほどには長く待たずにすんだ。

ごく遠くの角を曲がってきた時から、すぐに彼女だとわかった。彼女は水色の傘をさし、背筋をぴんと伸ばして、真っ直ぐにこちらへ向かって歩いてきていた。私は空になった紙コップをダストボックスに放り込み、そのハンバーガーショップを飛び出した。

彼女は私の眼と鼻の先を、まさに通りすぎようとしていた。私はなけなしの勇気を総動員し、やっとの思いで呼び止めた。

彼女はぴくりと立ち止まった。そしてゆっくりと振り返って、私を見た。何か不思議な物を見ているように、その睫毛が一、二度上下した。

「この間、エンジェル・ムーンでお会いしましたよね」

私の喉《のど》からは、ささやくような声しか出てこなかった。だが相手は合点がいったように、にっこり笑った。

「ああ、あの時お店にいた子ね。ちょうど今から行こうかなって思っていたところなのよ。どうかしたの？」

「あの、ちょっとこれを見ていただきたいんですけど……」

私はポケットから四つに折った紙片を取り出し、彼女の前に広げた。例の掲示板から無断で剝《は》がしてきたものだった。

「なあに？」

と彼女は受け取り、それから紙と私の顔を交互に眺めた。

その紙は、芝居の宣伝用のチラシだった。題字の下に、出演者らしい人物のモノクロ写真が並んでいる。小さい上に、印刷はあまり鮮明とは言えない。だがその右端にいる女性は、誰かに似ていた。

「もしかして、この水沢杏菜《あんな》というのはあなたではありませんか？」

思い切って尋ねてみたが、相手は曖昧に微笑んで言った。

「ひどい写真ね。これじゃわからないわ」

「だって自分が写ってて、わからないってことはないでしょう？」

彼女はむしろ不思議そうに私を見た。

「どうしてあなたはこれが私だと思うの？」

「だって……」

私はその粗末な紙に視線を落とした。私がそのチラシに眼を奪われた理由は、はっきりしている。そこにひときわ大きく並んでいるレタリング文字。『天使月』というのが、その芝居のタイトルだった。小さく『エンジェル・ムーン』とルビがふってある。

つまりそれが、私の出した結論だった。

読んだ本の内容を日記に書く少女なら、観た芝居の内容だって書くだろう。誰に見せるつもりもない文章だから、特にこれは芝居のことだと断ることもない。恐らく彼女は主人公の少女を我が身に重ね合わせていたのだろう。自然に書きぶりもそんな調子になった。そしてたぶん、いっぺんにまとめて書かずに、その時々で思い出しながら少しずつ書いていったのだ。

それにしても、彼女はいったいどういうつもりで、夫にその店のことを語ったのだろう？ 現実には存在するはずのない、エンジェル・ムーン。そこで落ち合う、夢のような約束ごと。

これもまた、彼女一流の気まぐれだったのだろうか？

そして一方、問題の脚本はどこかに保存され続け、ずっと後になってから、誰かの手によって掘り起こされ、磨き直されて再演された。古いレコードが再びプレーヤーに載せられたのだ。少女の役を演じたのは、水沢杏菜という名の女性だったに違いない。

この二つのささやかな出来事は、本来なら重なりようもないはずだった。時間的にも空間的にもまるで接点はなかったのだから。だが、伯父という途方もないロマンティストの存在が、二人の少女を出会わせたのだ。

風変わりな少女の、気まぐれな日記。ごく年若い女優の、奇妙なゲーム。

そう、偶然はいつだってつまらない事実の上にある。例えば、二人の女性の容貌《ようぼう》に、どこか似通った部分がある、などといった……。だけどそれも偶然だ。単なる偶然でしかない。

それ以上の意味なんか、あるはずないじゃないか？　私の出した結論が、どんなに強引でこじつけめいていようと、あり得ないことを信じるよりは、ずっとたやすく納得できるのだから。少なくとも、サンタクロースを信じ続けていられるほど、今の私は子供ではない。

彼女は古びたチラシを、素《そ》っ気《け》なく返して寄越した。

「私がこの水沢杏菜だったら、どうだって言うの？」

静かに彼女は言った。私は深々と息を吸い込んだ。

「もうエンジェル・ムーンには来ないで」ゆっくりと、そしてはっきりと私は言った。「お願いだから、もう来ないで。あなたがやっていることは、残酷だわ」

「誰にとって？」

やはり静かに、彼女は聞き返した。私には答えることができなかった。うつむいて、相手の爪先をじっと見るしかなかった。彼女の靴は汚れひとつなく、真っ白だった。

「さよなら」頭の上で、彼女の声がした。「もう行かないから、安心して」

顔を上げた時、彼女の水色の傘はゆっくりと通りを渡って行くところだった。傘はくるくる回りながら遠ざかり、やがて群衆の中に溶けて見えなくなった。

アルビノが死んだのは、その翌日のことだった。

伯父はひどく悲しんだが、彼女のことは一言も言わなかった。黙って目の細かい網で死んだ魚をすくい、清潔なガーゼの上に横たえた。生きていた時にはあれほど美しく、眩《まばゆ》いばかりの白銀に輝いていたのに、今はただの青白い、不透明な固まりでしかなかった。

アルビノは美しいけれども、生物の本来あるべき姿からはほど遠い。ひどく弱い、不安定な存在だ。生き延びる確率は、もともとごく低かったのかもしれない。

けれど私は、その魚の死の責任が、自分にあるような気がして仕方なかった。私が彼女にあんなことを言わなければ。そうすれば、アルビノは今日も生き続けていられたかもしれない。

もちろんそんな思い込みは馬鹿げている。それはわかっているのだが……。

先刻から降り始めた雨が、店先の日よけをリズミカルに叩いている。

「雨の音ってのは、足音に似ているな」

魚の死骸《しがい》を片付けながら、ふいに伯父がそんなことを言った。

耳をすますと、確かにそんなふうにも聞こえた。どこか子鬼じみた子供の足音に。力強い蹄《ひづめ》で地を駆けるユニコーンのような、青年の足音に。そしてダンスしている妖精か、でなければ夢見心地の天使みたいな、少女の足音に。

それは予感であり、訪れだ。

何かが、扉を開けてやってくる……。

# フリージング・サマー

とろけそうに暑い夏。氷漬けにして、冷凍庫に入れた。

## 1

その子供を最初に見たのは、真弓ちゃんがニューヨークに行ってしまう少し前だったから、わたしが高校を卒業したばかりの頃だ。

そのときわたしたち——真弓ちゃんと名倉さん、それにわたしの三人は、小さな公園の中をぷらぷらと歩いていた。気持ちのいい春の日だった。真弓ちゃんとわたしはぴったりと並んで歩き、少し遅れてひょろりと背の高い名倉さんがのんびりと続く。彼はいつだって、春の日差しのように穏やかだ。そして誰にでも優しい。わたしでさえ、時々もどかしくなってしまうくらいに。

『あいつにとってはね、人間もトンボもペンギンも、みんなおんなじなのよ。みーんな愛すべき動物の一種類ってわけ』

やや拗《す》ねたように、でも、一番愛すべき動物は自分に他ならないのだという自信をちらりとのぞかせて、真弓ちゃんは言う。そして紅い唇の両端を、きゅっと持ち上げて笑う。透き通るように色が白いから、いつも笑っているみたいな唇は、ノーメイクのままでもくっきりと綺麗《きれい》な輪郭を描いている。ほんの少しルージュをひくだけで、どきりとするほど大人の女の人の顔になる。

この三つ年上の従姉《いとこ》と一緒にいると、わたしはいつも誇らしいような、切ないような、ひどく複雑な気分になる。小鳥のように気まぐれで、蝶々のように綺麗な真弓ちゃんは、ずっとわたしの理想だったし、憧れだった。ほんの小さな頃から、ずっとそうだった。

名倉さんは決して、わたしのようなあからさまでむきだしの好意を、真弓ちゃんに対してぶつけるようなことはしない。意識して少し距離を保っているようでもあった。それでいて、いつも真弓ちゃんの側にいた。

この人は、穏やかな時の空によく似ている。そんなふうに思うのは、彼がこの上なく鳥たちを愛しているせいかもしれない。名倉さんが口にすることの多くは、鳥の奇妙な習性や、絶滅してしまった鳥たちの物語であり、彼が集めるのは、望遠レンズで捉えた野鳥の写真や、様々な種類の鳥のさえずりを収めた録音テープや、不思議な輝きを放つ、どこか遠い南の島の鳥の羽根や何かだ。

彼のそうした宝物を見せてもらったり、とっておきの話を聞かせてもらっているとき、わたしがしきりに眼をぱちぱちさせている、と言って真弓ちゃんは笑う。

たぶん、真弓ちゃんと名倉さんは、とてもよく似た心を持っていて、言葉にしないでも伝わるものがあって、だからわたしにはそれが少しだけまぶしいのだ。


今年の春の出来事だ。

その公園には申し訳のように、ブランコと鉄棒、そして砂場がある。四、五人の子供たちが、そのささやかな遊具で遊んでいた。みんな小学校低学年くらいに見える。彼らの間に漂っている、奇妙な緊張感とその原因に気づいたのは、名倉さんだった。彼はいつでも、真っ先にいろんなことに気づく。ふっと立ち止まった彼の目線の先に、ブランコに乗った少女がいた。ブランコをこぐ、ギイ、ギイという音に混じって、ひどく意地の悪い声が響いた。

「変な子」

ブランコをこいでいるのは、オカッパ頭の可愛らしい女の子だった。少女は言う。

「変な子」ギイ。「変な子」ギイ。「変な子……」ギイ……。

子供特有の陰険な執拗さ。愛らしい表情に無邪気な口調。それらが一人の少女の中に、矛盾することなしにすまして同居できるのだ。

「変な子、へーんな子……」

傍らの鉄棒の上に、半ズボン姿の少年が腰掛けていた。ブランコの少女の視線は、まっすぐにその子供に向けられている。野球帽を目深にかぶっているために、表情までは読み取れない。

人間の悪意は、伝染性の病だ。ほどなく近くにいた子供たちまでが、ブランコの少女と一緒になって唱和し始めた。その刺々《とげとげ》しい言葉の雨にさらされながら、野球帽の子供は、黙ったままぴくりとも動かなかった。幼稚園児にしか見えないような小さな子供までが、迷いもせずに攻撃側についている。

「変な子、変な子、へーんな子」

ひときわ甲高く、あどけない声が言う。

「ねえ、君たち」ふいに、傍らの真弓ちゃんがすっと彼らに近づいた。「どうしてそんなこと、言うの？　どうしてそんなこと、言えるの？　お姉ちゃんに教えて」

静かにそれだけ言い、にこりと笑った。

まるで蜉蝣《かげろう》のように儚《はかな》げな真弓ちゃんの微笑《ほほえ》みは、どんな詰問よりも子供たちにきまりの悪い思いをさせたに違いない。

要するに、理由なんてなかったのだ。

ブランコのギイ、ギイという音は次第に間隔が短く小さくなり、やがて止まった。

気まずい雰囲気を敏感に察したのだろう、ふいに最年少の子供が声を上げて泣きだした。

真弓ちゃんの顔が困惑に曇ったとき、ひゅうと小気味よい口笛の音が響いた。みなの視線がその口笛の主——鉄棒の少年に集中した瞬間、彼はかぶっていた野球帽を空高く放り投げた。

その一瞬後には、両足だけを引っかけて、真っ逆様に鉄棒にぶら下がり、さらにその勢いで、見事に一回転して地面に降り立った。ちょうど計ったように落ちてきた野球帽を、しっかり片手でキャッチして。

ついさっきまで泣いていた子供は、口をあんぐりあけてその曲芸に見入っていた。

鉄棒少年はニコリと皆に笑いかけ、どこか芝居がかった仕種で丁寧に一礼した。それから慎重に角度を定めて帽子をかぶり直し、悠々と去って行った。

「……変な子」

ぽつりとそうつぶやいてから、真弓ちゃんはわたしたちを見て小さく笑った。

## 2

次にその子に会った時、既に季節は移って夏になっていた。そしてその夏も、間もなく終わろうとしていた。

息苦しい朝だった。時計の針は九時を指したきり、なかなか動こうとしなかった。

起きようかどうしようかと思い惑いながら、わたしはぐったりと寝返りをうった。明け方に見た夢が、頭の芯のところに薄く残っている。不安な夢。まるで水のなかでもがいているような夢。けれどそれも、身じろぎをした途端、うっかり強く握ってしまった蟬の脱け殻のように細かく砕けて散った。

細めに開けた窓から流れ込んでくる風が、柔らかく頬に触れる。若い娘が窓を開けっ放しにして眠れるのも、地上九階という高さのおかげだ。夜中の救急車のサイレンも、どこか近所でやっている盆踊りのおはやしも、聞こえないほど遠くはないけれど、うるさすぎるほどに近くもない。ちょうどテレビのなかの物音のように、現実から少し離れたところに世界がある。眼を閉じていると、床も壁もカーテンも透き通り、地上九階の高さのところに浮遊する自分を感じることができる。それはひどく心地よい気分だった。

その夢見心地を破ったのは、一羽の鳩の鳴き声だった。

——カラッポッポ。

そんなふうに聞こえた。わたしは眼を開き、白い天井をぼんやりと眺めた。ほどなくもう一度、鳩が鳴いた。まるで厚手のフェルトのような、独特の鳴き声だ。わたしはふらふらと立ち上がり、眼をこすりながらそっとカーテンを引いた。果してテラスの手すりの上に、一羽の鳩がとまっていた。

薄曇りの空のような、青みがかった灰色の体と、何だかびっくりしたような眼をしている。首の周りと翼の一部、それに尾羽根がひときわ鮮やかなブルーで、孔雀の羽根にも似た不思議な光沢を放っていた。

わたしは静かにテラスの引き戸を開けた。体を屈《かが》めながら外に出て、下に敷いた白木の簀《す》の子の上にそろりと腰を下ろした。

鳩は手すりにとまったまま、不思議そうにこちらを見下ろしている。が、すぐに興味を失ったようにくるりと首を動かし、もう一度鳴いた。

カラッポッポ。やはり、そう聞こえた。

「おいで……こっちへおいでよ」

気まぐれに、両手を伸ばして呼んでみた。そのまま行ってしまうのかな、と思って見ていると、軽い羽音と共に舞い降りてきた。そして驚いたことに、当然のような顔をして、伸ばしたわたしの腕にとまった。わたしはかろうじて腕を水平に保ち、呆気《あっけ》に取られて鳩を見た。

手乗り鳩なんて、初めてだ。

鳥の体温が、むきだしの腕に直《じか》に伝わってくる。ほんのりと赤く、細かなうろこに覆われたその脚に、わたしは奇妙な物を見つけた。細い円筒形の金具だった。中から丸めた紙片のような物が覗いている。指先でつまんで引っ張ると、するするっと抜けた。同時に、少し前から頭の隅にひっかかっていた言葉も、するっと出てきた。

「伝書鳩だ……」

一人暮らしを始めてから、独り言が多くなった。

もちろん、わたしは手紙をすぐに元に戻すべきだったのだ。常識上から言っても、道義上から言っても。それは他人宛の手紙なのだから。だが……。

困ったことに、好奇心というものは、往々にして理性や良識に打ち勝ってしまう。

薄い紙片は、広げると名刺ほどの大きさになった。そこにブルーのインキで書かれた、短い文章が読めた。まるで『ハッピーバースデー』だとか、『メリークリスマス』だとか書くような調子で、その文字は美しく配列されていた。

だが、その内容はそうした晴れやかな文句とは、およそかけ離れていた。

「何よ、これ……」

また独り言が口をついて出ていた。

<コロサナイデ。コロサナイデ。コロサナイデ。ワタシヲコロサナイデ>

鳩を乗せたままの右腕と、紙片をつまんでいる左の腕の両方から、すうっと力が抜けた。その片仮名ばかりの文字の羅列は、音読してみると何かひどく不吉な呪文のように聞こえる。

——殺さないで。私を殺さないで。

この手紙の主は、本当にそう訴えているのだろうか。まさか……。

突然、鳩が一声低く鳴いた。盗み見を咎《とが》められたような気がして、わたしはびくりと首をすくめた。

その瞬間——。

「——オハヨウ」

いきなりあらぬ方向から元気の良い声が聞こえた。ついさっきまで鳩が止まっていた手すりの上に、あろうことか今度は人間がいた。空の方を向いて、ひょいとばかりに腰掛けている。あんまりびっくりしすぎたせいか、悲鳴一つ出てこない。不意の侵入者は、まだ幼い子供だった。その子はわたしを見て、ニコリと人懐っこい笑顔を顔中に浮かべた。その表情を見た途端、何ヶ月も以前のささやかな出来事を思い出していた。

いつぞやの、鉄棒少年である。

「……お早う」

取り敢えず、挨拶を返しておいた。あの時の子供なら、手すり伝いに隣から入り込むことくらい、お茶の子だろう。しかしここは九階なのだ。地上一メートルの鉄棒とは、わけが違う。

「あのさ、そこ、危なくない？」

わたしは子供を脅かさないように、そっと尋ねた。

「落ちたらね」少年は無造作に肩をすくめ、「どっち側に落ちるかにもよるけどさ」

いずれにしても大差はなさそうな口ぶりだ。

「どうせならさ、こっち側の方がいいと思うけど？」

「そうだね」

素直にこくりとうなずくなり、子供は手すりの上で器用に向きを変えた。今にも落っこちるんじゃないかとひやひやするわたしの心配をよそに、子供は勢いよく〈こっち側〉に飛び降りてきた。元気良く両手を広げ、器械体操なら〈十点満点〉といったところだ。けれど、わたしの腕の上で機嫌よくくつろいでいた鳩は、突然空から降ってきた巨大な褐色の固まりに、余程驚いたらしい。じたばたと翼を動かして、およそ不恰好《ぶかっこう》に宙に飛び上がった。そしていったん手すりの上で体勢を整えてから、一目散に飛び去ってしまった。

「あれ、ごめんなさい。おどかしちゃったのかなあ。あの鳩、お姉さんのペット？」

瞬く間に黒い点になってしまった鳩を眼で追いながら、いかにも呑気な口調で少年が尋ねた。

「そうじゃないけど……」

少年とおなじように鳩の姿を見送りながら、わたしは途方に暮れていた。

手の中にはあの小さな通信文が、ひっそりととり残されていた。

## 3

わたしたちはしばらく、まるでおままごとのように簀の子の上で向かい合っていた。

(困ったなあ……)

内心でつぶやく。この子さえ現れなければ、手紙を元に戻す余裕もあったのに、と思うと、どうしても相手に向ける視線が恨みがましいものになる。

だが子供は平然としたものだった。ふいにくしゃくしゃっとした笑顔を顔中に浮かべたかと思うと、嬉しくてたまらないというように「お姉ちゃん」と言った。

どうしてか、その呼びかけは気に障った。

「何よ」

いささかつっけんどんに応じたのだが、子供は無闇《むやみ》と弾んだ声を上げた。

「パンツ見えてるよ」

わたしは慌ててパジャマ代わりのロングTシャツを、膝の上にすっぽりとかぶせた。少年はお腹を抱えるようにして、うひっ、うひっ、と笑っている。この傍若無人で無神経な生き物に、一言何か言ってやろうと思った時、だらんと伸びたシャツの襟ぐりから、肋骨《ろっこつ》の浮いた貧弱な胸が見えた。髪は一ヶ月前には散髪してなきゃならないような有り様だったし、耳の後ろも真っ黒に汚れている。

(変な子、変な子、へーんな子……)

あの時声高に叫んでいた子供たちは、皆一様に小綺麗だったっけ……。そう気づいた途端、胸がちくんと痛んだ。

「ねえ。もう朝御飯、食べた?」

唐突に言ってしまってから、自分でも驚いた。何と酔狂なことを口にしたものだろう?

だが、力なく首を振る子供を見た瞬間、重ねてわたしは言っていた。

「なんか食べてく?」

「いいの?」

少年は顔を輝かせて、ぴょんと立ち上がった。

「大したものはないけど」

わざとのように素っ気なく答えて、Tシャツから両膝をひっこぬいて立ち上がった。部屋に入ると、子供は転がるようについてくる。少年をちらりと見やりながら、小学生が夏休みの宿題をランドセルの中に仕舞い込んでしまうように、わたしは小さな通信文をきゅっと握りしめた。


冷凍庫の扉を開けると、ふわりと白い冷気がこぼれ出る。うっすらと寝汗の残る体に心地よい。少年は部屋の中を、忙しく〈探検〉している。もっとも1DKの室内だ。じきに飽きるだろうから、放っておいた。

少年は壁に吊るした鏡に向かって、散々しかめっ面やあかんべえをした後、その隣に並べて張ってある絵葉書を熱心に眺め始めた。差出人は、みんな真弓ちゃんだ。空で言えるくらい、何度も読んだ。

〈Dearちせ。Dearって言葉、すごく好き。親愛なるって意味が、優しいと思わない？　わたしの親愛なるイトコ殿、元気してる？　わたしはいささかホームシック気味。ちせに会いたいよ〉

真弓ちゃんはわたしのことを〈ちせ〉と呼ぶ。小さな頃から、ずっとそうだ。わたしの知世子という名前を、〈ちせこ〉と読み違えてからずっとだ。大きくなってからも、真弓ちゃんはよく言っていた。

『世の中なんてものを知るよりも、世界を知った方がずっといいのよ』

真弓ちゃんがわたしのことを呼ぶ〈ちせ〉という言い方は、世界の他のどんな言葉よりも優しくて綺麗だ。

〈Dearちせ。どうしてる？　今日はサイコーにいいお天気デス。この、自由の女神のバックに写っているみたいな、まじりっ気なしの百パーセント青空。この空の続きを、ちせも見てるんだな、と思います。ちせ、お部屋の住み心地はいかが？　昔みたいに、よくぽかんと空を眺めてる？〉

真弓ちゃんがニューヨークから帰ってくるまで、わたしは彼女のお部屋で留守番をしている。真弓ちゃんが『空けておくのももったいないし、ちせの学校にも近いから、ちょうどいいじゃない』と熱心に勧めてくれた。名倉さんや伯父さんや伯母さんも大賛成で、驚いたことにわたしの両親も反対しなかった。

実際に住みはじめて、半年近く経つ。テレビに冷蔵庫に洗濯機、留守番電話にCDコンポ。テーブルにベッドにドレッサー。生活に必要なものは、何だって揃っている。真弓ちゃんが使っていた家具の類《たぐい》を、ほとんどそのまま使わせてもらっているのだ。ペパーミントグリーンの地に淡い幾何学模様の入ったカーテンや、素足に心地よい、ふかふかの絨毯《じゅうたん》。それに壁にかかった小さなリトグラフ。どれもごく趣味がいい。みんな、真弓ちゃんの選んだものだ。クローゼットは作りつけになっていて、アイボリーホワイトの壁紙は輝くばかりだ。加えて流行《はや》りのフローリングの床とくれば、一人暮らしを夢見る女の子の憧れに、赤いリボンをかけてプレゼントされたようなものだ。

もちろん、すべては期限つきの魔法だ。その魔法が解けることが、ちっともわたしにとって苦ではないにしても。

「二件です」

ふいに、機械が合成した無機質な声が、部屋に響いた。

「あっ、それ、いじっちゃ駄目」

そう声をかけた時には既に遅く、留守番電話の内蔵テープから、真弓ちゃんの声が流れだしていた。

「ちせったら、またいないのね。いつもいないんだから。ちせんちの方にも、かけたのよ。ずいぶん夜遅かったみたいで、叔母様驚かせちゃったけど。信じられる? ちせ。こっちとそっちとじゃ、一日の半分も、時間がずれているの。不思議だよね、ちせ。じゃあね。また電話するわ。元気でね、ちせ」

そこでテープは終わっていた。子供はわたしの方をうかがい、ばつの悪そうな顔をして、にやっと笑った。

真弓ちゃんは今までに何度か、国際電話をかけてくれたのだが、タイミングが悪く、いつも受け損ねている。情けない限りだが、こちらからかける勇気もない。けれど、たとえ留守番電話ででも、真弓ちゃんの声が聞けるのは嬉しかった。何度も何度も、わたしは真弓ちゃんの声を再生した。どんなに繰り返して聞いたあとでも、消去ボタンを押す時には、何か取り返しのつかないことをしている気になった。

名倉さんもよく電話をくれた。必ず元気かどうか聞いてくれ、それから少しの間、動物の話をしてくれたりする。ペンギンやダチョウの話。コジュケイやシジュウカラの話。鳥の話が多かった。そして最後に必ず「元気でね」と言って電話を切る。今の会話が再生できたらな、といつも思う。

「あのさあ……」そっと子供が忍び寄って来た。「怒っちゃった？」

上目遣いにわたしを見上げる。思わず苦笑してしまった。どんなに無神経で傍若無人な振る舞いをしても、彼ら子供はちゃんと許される術《すべ》を知っている。

「怒ってなんかいませんよ、だ」

わたしは少年に笑いかけ、冷蔵庫から卵とハムを取り出した。すかさず子供は言う。

「あっ、目玉焼きだったら、ぼく、両側焼いたのが好き」

「はいはい、承知つかまつりました」

ふざけた返事をしながら、冷凍庫から食パンを取り出した。

「へえっ、パンを凍らせちゃうの」

「そうよ。一人だと、一斤はなかなか食べきれないでしょ、そうしてる間にカビちゃうから。夏は特に駄目ね。だから買ってきたらすぐに冷凍しちゃうの。トーストすれば、すぐにふっかふかよ」

へえっと、感心する子供に、わたしは凍ったパンを二枚持たせた。

「はい、これ焼いて。そっちのトースターでね」

「冷たくって、気持ちいいや」

少年は嬉しそうに両頰にパンを押し当てる。

「やあね、ばっちいなあ」

わたしが嫌な顔をすると、子供はにやっと笑い、いそいそとトースターをセットした。

「ねえ」フライパンにマーガリンを落としながら、背中越しに声をかけてみる。「いつもどんな遊び、してるの？」

とろけたマーガリンの中で、ハムが身をよじりはじめる。その上に、卵をぽんと割り入れた。二つの卵はするっと滑って真ん中でドッキングした。

ちょっと考え込むような沈黙の後、子供の声が返ってきた。

「いろいろだよ。蟬捕ったりトンボ捕ったりさ」

「そんな虫、この辺にいる？」

「いるよ。それから川で遊んだり……」

「川？」わたしは首を傾《かし》げた。「遊べるような川なんて、この辺にあったっけ？」

「あるよ。十分くらい行ったとこ。神社の向こうっかわ」

「そっちの方、行ったことないわ」

「お姉ちゃんは？　小さい頃、何して遊んでいたの？」

「お姉ちゃんは女の子だからね、お人形さん遊びとか、おままごととか」

「うげー、つまんなそう」

「あはは、そう？ それからね、おばあちゃんちに行ったときには、イトコと二人でね、いろんな遊び、したわ。たぶん、おばあちゃんに教わったんだと思うけど。おばあちゃん、ほとんど寝たきりだったんだけど、わたしたちが行くと体の具合が良くなったって言って、お布団の上で、色々遊んでくれたわ。お手玉とか、おはじきとか、折り紙とか。おーんばしゃみせん、おつるのまいまい。おーんばしゃみせん、おつるのまいまい」

お終《しま》いの部分を節をつけて歌うと、子供は訝《いぶか》しそうにわたしを見上げる。

「お手玉歌よ。おひとつ、おふたつ、おひとつ、おひとつおろして、おさら、とかね。これはどんどん数が増えていくの。おふたつ、おふたつ、おふたつおろして、おさら。後は左手でね、おひだり、おひだり、おひだりおろして、おさら、とか。まだ何かあったと思うけど」少し言葉を切って考えた。「思い出せないや」

「お手玉以外では？」

「そうね、縄跳びとか。知ってるでしょ？ お嬢さん、おはいんなさい、とか」

「知ってるけどやらない」

男たるものの沽券《こけん》にかかわるとでも言いたげに重々しく首を振る。

「じゃあ、大波小波、風吹きゃまわせ、っていうのは？」

「知ってる。ぼくもやったことある。それまーわせ、まわせって言うんでしょ？」

それから少年はふいに大声を上げた。

「ああっ、つぶしちゃった。へったくそ」

えいっと引っ繰り返した瞬間、目玉焼きの黄身は、無残につぶれていた。

「あーあ、あんなになっちゃって。これじゃ、ぐじゃ目焼きだよ」

とがめるように言ってくれる。わたしは知らんぷりを決め込んで、お皿の上にその〈ぐじゃ目焼き〉を移した。

幸い、トーストの方は無事、美味《おい》しそうなキツネ色に焼けていた。たっぷりのマーガリンと苺ジャムをつけ、一口かじってから、少年は嬉しそうな声を上げた。

「美味しいや。冷凍パンでも、買ってきたばかりのと、全然変わんないね」

「でしょ。一人で暮らしてるとね、例えばカレーとかシチューとか、一人分だけって作れないでしょ。だから何回分か作ってね、全部フリージングしとくの。御飯もね、余った分は凍らせといて、食べたいとき、電子レンジでチンッてね」

「ねえ知ってる?」目玉焼きをフォークで切り刻みながら、ふいに子供が言う。「氷漬けのマンモスの話。シベリアの凍った土の中からさ、冷凍マンモスが発見されたことがあるんだよ。生きていたときそのままの恰好でさ、胃の中には大昔にマンモスが食べた物が、そのまま残っていたんだって」

「マンモスって、何を食べていたの?」

「んっとね、スゲとか、カバの木だってさ」

「ふうん。あんまり美味しくなさそうね」

「それでね」と子供は瞳を輝かせる。「その肉をね、犬にやったら、喜んで食べたんだってさ」

「世界最古の冷凍食品ね」

そう言いながら、オレンジジュースのパックを取り上げた時、テーブルから一枚の紙片がはらりと舞い落ちた。それを素早く拾ってくれてから、

「ねえねえ、さっきの電話さあ、あの絵葉書の人から？」

もぐもぐした声で、ふいに子供が聞いてきた。まったく子供ときたら、不意打ちの天才だ。わたしは手にした紙切れをさり気なく折り畳みながら、ことさらに怒った声を出した。

「他人《ひと》の葉書黙って読むなんて、エチケット違反だぞ」

子供は一向にこたえた様子もない。

「見えちゃったんだよ。お姉ちゃんの名前、ちせっていうの？」

「違うよ。ち・よ・こ。世の中を知る子って書くの。でもさ、世の中の〈よ〉って、世界の〈せ〉とも読めるでしょ。だから。でもそう呼ぶのは、真弓ちゃんだけだけどね」

「真弓ちゃんってもしかして、公園で一緒にいたお姉さん？」

わたしはまた少し虚を突かれた形になった。そうだ、この子も真弓ちゃんや名倉さんに、会っていたんだっけ……。

「そうよ」ゆっくりと、わたしはうなずいた。

「さっき言ってたわたしの従姉。この部屋は本当は真弓ちゃんのものなの。今、アメリカのニューヨークっていうところに行っててね、帰ってくるまで、お姉ちゃんがお留守番してるってわけ」

子供はしばらく黙って口を動かしていたが、やがて食べ物を飲み込んでしまうと、ひどく真面目くさった顔つきになった。

「ねえ、お姉ちゃん。どうして真弓ちゃんは、あんな変な手紙、お姉ちゃんのところに届けたんだろうね？」

4

どこか遠くで鳩が鳴いた。

ブルーのインキで書かれた、線の細い文字を、名倉さんの視線がゆっくり追って行った。わたしは上目遣いに、じっと彼の顔を見守っていた。

「なんだい、これ。何かのおまじないにしちゃ、物騒なことが書いてあるね」

幾度か読み返した後、名倉さんが陽気に言った。わたしは言葉を探しながら、空を見上げた。西の方角が、赤く染まり始めている。

「……鳩が持ってきたの、この手紙」

わたしの言葉に、名倉さんがはっとしたように身じろぎをした。

たぶん、この人はみんな知っているのだ。

今朝、迷い込んできた一羽の鳩と、一人の子供。それがすべての発端であり、同時に幕切れでもあった。伝書鳩が持ってきた奇妙な手紙を、少年は当然のように真弓ちゃんが差出人だと言った。もちろん、わたしはそれを笑い飛ばした。

『やだ、何言ってるの。あれはただの迷い鳩じゃない。どこかの誰かから、他の誰かに宛てた手紙。たぶん、悪戯《いたずら》でしょうけどね』

『お姉ちゃん、全然わかってないみたいだね。あれは伝書鳩なんだよ』

まるで教え諭すような口調だった。わたしは思わず大きな声を出した。

『わかってるわよ、それぐらい』

『わかってないよ』子供は小さく吐息をついた。『動物がすごく正確な帰巣本能を持っているっていうのは聞いたことあるでしょう。鮭が産卵の為に自分が生まれた川に戻るって話は有名だよね。それと一緒でさ、伝書鳩っていうのは、鳩がどんなに遠くで放されても、ちゃんと自分が生まれたところに帰ってくるっていう本能を利用したものなんだよ』

帰巣本能。産卵。生物学者のルーペやピンセットを思わせるそんな言葉を、子供はごく自然に口にした。だからわたしも、自然に理解してしまった。

『……つまりさっきの鳩は、ここで卵から孵《かえ》ったってこと？』

『もう少し言えば、真弓ちゃんがその飼い主だったってこと。このマンションは新築の分譲だからね、真弓ちゃんより前に、ここで鳩の卵を孵した人はいないはずでしょう？　それは真弓ちゃんからお姉ちゃんに宛てた手紙なんだよ』

子供はわたしの掌《てのひら》に載った、小さな紙片を指さした。

『嘘よ。だって真弓ちゃんがわたしにこんな変な手紙、出すわけないじゃない。変よ変よ、絶対変よ。真弓ちゃんのはずないわ』

変、という言葉を何度も口にしてしまってから、わたしは目の前の少年との最初の出会いを思い出した。

〈変な子、変な子、へーんな子〉

狭い公園にこだました、子供たちの無邪気で残酷な大合唱……。最初から、色んなことが変だった。どうして真弓ちゃんはいつもわたしがいないときにばかり、電話をくれる？　真弓ちゃんの電話の前に必ず入っている、一件の無言電話は何を意味していた？　それから、そう、思いやりにあふれた何枚もの葉書。わたしの手元にいつ届いても、順番が入れ代わっても、ちっとも差し支えない、数行のメッセージ。

どうして真弓ちゃんは、わたしを自分の部屋に住まわせた？　みんなはどうしてそれに同意した？　そもそも真弓ちゃんの両親は、どうして一人娘がマンションで暮らすことを許した？　それも明らかに、相当な金銭的援助をして……。おかしいと言えば、どうして一人娘が留学することに反対しなかった？　若い綺麗な女の子にとって、あれくらい危険な都市はないじゃない。真弓ちゃんは、小さな頃から体が弱かった。よく倒れたし、今にもふっと空気に溶けて消えてしまいそうな、そんな不安な脆《もろ》さを持っていた。

あの子供は言っていた。

『カタカナっていうのはさ、病気の人が一番楽に書ける文字なんだよ』

それからこうも言っていた。

『鳩は渡り鳥とは違うから、そんなに長い距離は飛べないんだ。今は伝書鳩って、手紙を運ぶよりもレース用に育てられる方が多いんだけど、一番長いレースでも、千キロくらい。アメリカからは、帰ってこれないよね』

それではいったい鳩はどこから飛んできた？　真弓ちゃんの手紙を抱えて。

名倉さんは何も言おうとしない。

「ねえ、何か言ってよ。何だっていいから。真弓ちゃんのことじゃなくてもいいから。ねえ。ペンギンの話でも、シジュウカラの話でも、何でもいいから」

「……あの鳩」長い沈黙の末、ようやく名倉さんは口を開いた。「鳩舎から逃げだしたのは、しばらく前のことだけど、きっと君のところへ飛んで行くと信じていたよ。きっと、もといたところに帰るに違いないってね」

やはりあの子供の言葉は正しかったのだ。鳩は真っ直ぐ自分の生まれた場所へ――わたしのところへ飛んで来た。真弓ちゃんの手紙を、小さな通信管にしのばせて。

わたしは不安に押しつぶされそうになりながら、つとめて陽気な口ぶりで言った。

「ねえ名倉さん、知ってる？　氷漬けのマンモスの話。シベリアで、まるで生きてるみたいなマンモスが発見されたことがあるんでしょう？」

　彼はかすかに笑った。

「相変わらず小鳥みたいに話が飛ぶね。マンモスか、参ったな。そうだね、そんなこともあった。プライストシーンからの、タイム・カプセルだね」

「プライストシーン？」

「最新世、洪積世、更新世、氷河期。色々な言い方がある。だいたい九十九万年間続いた。マンモスやマストドンは、氷河期を越えて生き抜くことは出来なかったんだよ」

　名倉さんの顔が、ほんの一瞬、泣きそうにゆがんだ。

「この夏は、彼女にとってのプライストシーンだったのかもしれない。ねえ知世子ちゃん。ぼくたちはみんな、まず第一に、君のことを考えたんだよ。それだけは、わかって欲しいんだ」

「ぼくたちって？」

「真弓さんのご両親に、君のご両親、そして真弓さん自身。もちろん、本人があんなに強く望まなければ、絶対にこんなことはしなかったけれどね。彼女は子供の頃から、体が弱かった。生まれて間もなく、この子は成人までは生きられないかもしれないと言われたそうだよ」

「真弓ちゃんは成人式をちゃんと迎えたわ。お医者様が間違えていたのよ」

「そうかもしれないね。だけど、そんなに大きな間違いじゃなかったのかもしれない。それがどんなに理不尽で、許されないように思えることでもね、あらかじめ与えられた時間ってものは、誰にもどうすることもできないんだよ……今年の春から彼女が大学を休学していたのを、知っていたかい？」

わたしは駄々っ子のように首を振った。そのくせ、今では全部、わかっていた。何もかも、みんな。

真弓ちゃんは長い時間をかけて、周到な準備をしていたのだ。彼女が用意していたのは、山のような録音テープに、きっと何十枚もの葉書。わたしの知らない、協力者。今、遠いニューヨークにいる。ときどき、思い出した時に、預かった葉書を投函《とうかん》する。それがその人の役目。そしてもう一人の協力者。わたしにたびたび電話をかけてくれた人。その本当の目的は、わたしが留守の時に、留守番電話のテープに真弓ちゃんの声を吹き込むことだった。

小鳥のさえずりのような、真弓ちゃんのお喋《しゃべ》り。不思議な羽根のように、色とりどりの絵葉書。可愛がっていた、一羽の鳩……。

「……いつ？」

かすれた声で、ようやくわたしはそれだけ聞いた。

「六月になったばかりの頃」

一呼吸おいて、名倉さんは答えた。

それでは丸三ヶ月もの間、わたしは真弓ちゃんの脱け殻の中で、一人暮らしていたのだ。

真弓ちゃんが紡ぎだした繭《まゆ》の中で、夢を見続けるさなぎ。それがわたしだった。お葬式に初七日、そして四十九日。みんな、とうの昔に終わってしまった。わたしが真弓ちゃんの部屋で、真弓ちゃんの匂いをかぎ、真弓ちゃんのことを考え、真弓ちゃんの世界に包まれている間に。

騙《だま》されることを、他ならぬわたし自身が望んだのだ。空恐ろしい予感、雲が落とす影のような不安。心を空っぽにして、何も見えないふり、何も聞こえないふり、何も感じないふり……。

どうして〈空っぽ〉という言葉に、空という文字をあてるのだろう？

そんなことを考えながら、わたしは暮れていく空を、ただぼんやりと眺めていた。

## 5

部屋に戻った時には、もう日が暮れていた。簡単な夕食をすませ、シャワーだけを浴びた。眠ってしまおう。何も考えずに、深く、深く。

どこか遠くで電話のベルの鳴っているのが聞こえる。隣からかもしれないし、階上からかもしれない。夏の夜は近隣の物音がよく聞こえる。

〈……おひとつ、おひとつ、おひとつおろして、おさら〉

子供の頃、おばあちゃんが教えてくれたお手玉歌が、どうしてか耳に蘇る。おばあちゃんの乾いたあたたかな声を思い出す。単調で素朴なメロディを、まるで赤ん坊をあやすように、幾度も幾度も繰り返す。

〈……おふたつ、おふたつ、おふたつおろして、おさら〉

明るいような暗いような、変にぼんやりした空気の中で、電話のベルは鳴りつづけ、やがて諦めたようにコトリと沈黙した。ぷつんと鋭い刃物で断ち切られたような時間の中に、わたしは一人取り残されている。

いや、違う。白いシーツの上で、わたしはかすかに身じろぎをした。灯《あかり》を消した部屋の中に、誰かがいた。

「眠っている？　お姉ちゃん」

今朝の子供の声だった。わたしは眼を閉じたまま、低い声で応じた。

「眠っているわ。だから出てって」

「……眠ったままでいいから、ぼくの話を聞いて」

そう前置きをして、子供は少し黙り込んだ。わたしからの返答がないことを、承諾ととったのか、子供は再び話しはじめた。

「ねえ、お姉ちゃん。どうして真弓ちゃんがあんなことをしたのか、そのわけを教えて上げるよ」

〈わたしの為、でしょう？　ある日突然、ぷつりと断ち切られてしまうよりは、だんだんと遠ざかって行って、やがて見えなくなるような、そんな離れ方のほうがわたしが傷つかない。

みんなが、そう考えたからでしょう？）

心の中のわたしのつぶやきが聞こえたように、子供はこくりとうなずいた。そして小さく首を振った。確かにそう、だけどそれだけじゃない……。

「真弓ちゃんはね、怖がっていたんだよ。自分が死んでしまうことじゃなくて、小さな頃から妹みたいに可愛がってるちせちゃんから忘れられてしまうことをね。大好きな誰かから忘れられるっていうことは、真弓ちゃんにとっては殺されるのと同じことだったんだよ。だからあんな手紙を書いたんだ」

――コロサナイデ、コロサナイデ……。

「わたしが真弓ちゃんのこと、忘れたりするはずないじゃない」

思わずそう叫んでいた。闇のなかで、子供が床に腰を下ろす気配が伝わってくる。

「本当にそう？」

ささやくように、子供の声が言う。その声に、記憶の中の祖母の声が重なる。

〈おーんばしゃみせん、おつるのまいまい。おーんばしゃみせん、おつるのまいまい……〉

「本当に、忘れてしまっている人はいない？　記憶の中で、殺してしまっている人は？」

「……いないわ」

「じゃあ聞くけど、今朝、お姉ちゃんは言ってたよね。おばあちゃんのところで、真弓ちゃんと二人で遊んだって。お手玉におはじきにおままごと。それから縄跳び。大波小波、風吹きゃまわせ……ねえ、お姉ちゃん。これは長縄の歌だよ」

「それがどうかしたの？」

わたしの声は、心細く宙に消える。ややあって、返事が返ってきた。

「……二人じゃできないんだよ」

〈それまーわせ、まわせ……〉

長縄の一方の端は真弓ちゃんが握り、もう一方はわたし。真ん中で跳んでいたのは誰？ おばあちゃんのはずはない。祖母はずっと、寝たきりだった。近所の子？ いや、祖母の家には年に数度しか訪れなかった。仲良くなった子なんて、いない。

その時、どうした弾みか、忘れていた歌を思い出した。祖母に教わったお手玉歌の、最後のひとつ。

〈大きい川、流せ。小さい川、流せ……〉

祖母と真弓ちゃんの声が、闇の中にぽわんとこだまする。幾つものお手玉が、橋に見立てた腕の下を滑って行く。サラサラ、サラサラ、美しい端切れで作った袋の中で、小豆《あずき》がぶつかり合い、小川のせせらぎのような音をたてる。

（……可哀想に……昨日の台風で、水かさが増えていたから……元気な坊やだったのに。あの女の子、あんなに怯《おび》えて……姉弟か、そりゃ……大丈夫かい、あんなに青白い顔をしてる……）

救急車のサイレンの音。大人たちのざわめき。不吉な水音。金切り声を上げているのはわたしだ。

その後の記憶にあるのは、入道雲と真っ青な空ばかり。

「……川に落ちて……死んじゃった……」

子供がわたしを〈お姉ちゃん〉と呼ぶたびに、奇妙な苛立《いらだ》ちを覚えていた。その理由に、今、気づいてしまった。夏が来るたびに新聞やテレビが伝える、幼い子供の水難事故。それを知るたびに、どうしてあんなに心が騒いだのか、そのわけがわかってしまった。

「弟がいたのよ、わたし。まだ小さい頃、川で遊んでいて、溺れて死んじゃったんだわ。どうして忘れていたのかしら。どうして忘れられたのかしら」

まるで熱に浮かされたように、わたしは一人喋り続けていた。小さな弟。可愛かった弟。確かに存在していた。かつて真弓ちゃんと三人で、一緒に遊び、笑い、喧嘩もし……。何度目かの夏、眼の前で不幸な事故に遭い、幼い命を落とすまでは。

なんて呆気なかっただろう？

あの子が大好きだった。とても大切に思っていた。けれど、忘れていた、という事実の前では、すべての思いは色褪《いろあ》せてしまう。

暗闇の声は、慰めるように言った。

「人間の心はね、自分で思っているよりもずっと弱いんだよ。だから、あまりにも辛いことや、耐えきれないことがあると、心の安全装置が働いて、そのことだけを綺麗に消してしまうことがあるんだ」

ちょうど留守番電話のメッセージを消去するみたいに？　ボタン一つで消えてしまう、辛い記憶、嫌な出来事。

〈みーんな流して、お、さ、ら〉

そして心は空っぽになる。

わたしを忘れないで。記憶から消してしまわないで。

真弓ちゃんが懸命に願っていたのは、ただそのことだけだった。

過去に一度、わたしが消去ボタンを押すところを見てしまったから。

命が他人より早く終わってしまうのは、仕方のないことだ。けれど、忘れ去られるのはたまらない——。

気がつくと、涙がいく筋も頰を伝っていた。わたしの胸の中を重苦しくふさいでいた冷たい固まりが、少しずつ溶けて流れだそうとしていた。

「ねえ」わたしは暗闇に向かって話しかけた。「きみ、名前、なんていうの?」

ぽつん、と子供は答えた。少年が口にした名前を繰り返すと、闇の中で、相手がかすかに微笑んだのがわかった。

翌朝起きてみると、子供はどこにもいなかった。

カーテンを開けると、手すりの上に、あの薄曇りの空の色をした鳩が、ちょこんと止まっていた。

「おいで……」

そっとガラス戸を開けて、ささやいた。伝書鳩の通信管はもう空っぽだ。もう真弓ちゃんから電話がかかることはない。絵葉書が届くこともない。あの、誰にも真似のできない言い方で、〈ちせ〉と呼びかけてくれることは、二度とない。それだけのことを認めるまでに、一夏かかったのだ。

――とろけそうに暑い夏。氷漬けにして、冷凍庫に入れた。わたしはちらりとマンモスのことを考える。プライストシーンの向こうから、ゆっくり歩いて来る巨大なマンモスのことを。

「おいで……」

もう一度言って、右腕を伸ばした。

鳩は一声低く鳴き、力強く空を捕らえようとするように、大きく翼を広げた。

# 天使の都

ドン・ムアン空港に着いたのは、真夜中のことだった。タラップに足をかけた瞬間、ねっとりと熱い空気が疲れた体を包み込む。飛行機は昔から苦手だった。

『生憎《あいにく》、俺のアパートは郊外にあるからな、かえって不便だろう？』

ずきずきと痛む頭のなかで、麻理子は夫の明彦の言葉を反芻《はんすう》していた。『オリエント・ホテルをとっておくよ。きっと気に入ると思う』

正式名はジ・オリエンタル・バンコク。バンコクでは有数の名門ホテルだ。

到着ロビーには、浅黒い肌をした青年がぽつんと立っていた。まるで途方に暮れた子供のようだ。手にした白い紙片に、〈MRS. FUJIMURA〉とある。

『迎えには部下をやるよ……悪いがね』

ややうしろめたそうな口調で、明彦はそうも言っていた。

では彼が、その部下とやらなのだ。日本人ではないのね、と思いながら近づいて行き、軽く頭を下げた。

「あー、フジムラマリコさんですね？」

相手ははにかんだように微笑《ほほえ》みながら、流暢《りゅうちょう》な日本語で言った。麻理子がうなずくと、ポケットから二つ折りにした紙片を取り出して、麻理子に示した。

〈代理の者ですまない。明日の朝一番で電話を入れる。今夜はゆっくり休んでくれ〉

日本語でそう書かれていた。その筆跡に見覚えがあった。いつだって忙しがっていた、そして事実、常に多忙だった夫の顔を麻理子はちらりと思い起こした。

車のシートに沈み込み、麻理子は窓の外を流れていく風景をぼんやりと眺めていた。日本のものとは明らかに違う、異国の時間と空間が闇の底によどんでいる。

「お疲れですか？」

ややぎこちない口調で、運転席の青年が声をかけてきた。

「いいえ、大丈夫よ、ミスター……」微笑んでから、まだ青年の名を聞いていなかったことに気づいた。青年はミラー越しに微笑み返し、何やら早口に答えたが、麻理子には聞き取れなかった。おそらく自分の名を伝えたかったのだろうが、麻理子の顔に当惑の色を読み取ったのだろう、彼はあっさりとその試みを放棄してしまった。たぶん、聞き取れていたとしても、発音することは難しかっただろう。

それきり、車内は沈黙で満たされていた。

さっき大丈夫だと答えはしたが、やはり疲れていたのだろう、少し、うとうとしたらしかった。

夢を見た。自分自身が溺れる夢。新鮮な空気を求める鼻孔や口から、容赦なく入り込んでくる大量の水。文字通りの、死ぬほどの恐怖。

悪夢は遠い生まれ故郷から、細く粘る黒い糸となってついてくる。

車を減速させる軽いショックで麻理子は眼が覚めた。ホテルの車寄せはすぐそこだ。車が止まったとき、重厚なエントランスの柱の陰に、ちらりと白い人影が見えたように思った。おやと思った瞬間、運転していた青年が視界を遮り、麻理子のためにドアを開けてくれた。彼に促されて歩きながら、麻理子は眉を寄せ、さきほどの場所を探るように眺めたが、掃除の行き届いた敷石の上には、人影どころか塵《ちり》一つ落ちていなかった。


『PLEASE DO NOT DISTURB』

起こさないで下さい——そう書かれたカードを、ドアのノブにかけておいた。これは魔除《まよ》けの御札みたいなものだ。お願い、誰も私を煩わせないで……。

だが、麻理子の異国での最初の朝は、電話のベルから始まった。この国に、知り合いはただ一人しかいない。

「気分はどう?」受話器から流れだしてくる夫の声は、どうしてか国際電話よりもずっと遠い気がした。「なかなかいいホテルだろう?」

「そうね」そう答えてから、麻理子は今さらのように周囲を見回した。赤と金を基調にした、豪奢《ごうしゃ》な調度だ。大きな鏡はぴかぴかに磨かれているし、優美なデザインのソファの上には、上品な光沢を放つシルクのクッションが載っている。テーブルの中央には色鮮やかな洋蘭が活《い》けてあり、その傍らにはフルーツを盛った銀のトレイがあった。花と果物の甘い香りが、ベッドの辺りにまで漂っている。

「夜中にね……」独り言のように麻理子は言った。「足音がしたわ……パタパタッて。ずっとしてたわ」

「そう」明彦は面食らったようである。「あのな、悪いんだが今日……」

「子供の足音よ」

ひんやりとした声で、麻理子は素早く夫の言葉を遮った。だが、夫を黙らせることに成功したのはほんの一瞬で、すぐに彼は自分の用件を続けた。

「急な仕事が入って、そっちに行けなくなった。ティプニコーンに車を回させるから、市内観光でもするといいよ」

「誰ですって？」

「ティプニコーン。君を空港に迎えに行ってくれた男だ。彼に、ロビーに待機しておくように伝えておいた。せっかくだから、色々見て回るといい」

「ええ。気が向いたらね」

たぶん、そんな気にはならないでしょうけど。そんなニュアンスを言外に含ませての、麻理子の返事だった。

二人の会話はそれでお終《しま》いだった。

「じゃあ」という、素っ気ない言葉を残して明彦は電話を切った。

麻理子のせいで、彼が拗《す》ねているのはわかっていた。たった今の会話ばかりではない。海外赴任に夫を単身で行かせるなんて、商社マンの妻としては失格であることも、そのことで夫が会社で面目ない思いをしていることも、みんなわかっていた。せめて短期間なりとも遊びに来たらという夫の言葉に、今回ようやく応えたのだが、それにしても赴任後半年も経っている。明彦の態度が刺々《とげとげ》しくなるのも、なかなか麻理子と会おうとしないのも無理はない……何だか他人《ひと》ごとのようにそう思う。

冷たい態度や気のないセリフは、常に両刃《もろは》の剣だ。相手と同じだけ、自分も傷つき、不幸になる。馬鹿げた繰り返しだった。もはや夫と自分とが、決して同じ方向を見ないのだと、確認するための手段でしかない。

言葉はいつも、すれ違う。

もしあの夏さえ来なければ。香織さえ生きていれば。きっとすべては、まるで違っていた。あの日をめぐる何もかもが、麻理子には悪意を持った誰かの、ひどい意地悪のように思えてならなかった。親子三人でピクニックに行こうと決めたこと。結局、明彦に急な仕事が入り、彼だけ行けなくなったこと。河原に大きな犬を遊ばせている人がいたことも、その犬に気を取られて一瞬……本当に、ごくわずかな時間、幼い娘から眼を離したことも。前日降った雨のせいで、いつもより水かさが多く、流れもずっと速かったことも。

小さな香織。可哀想な香織。溺れて死ぬのは、きっとずいぶん苦しかったに違いない。川や海を見たときだけじゃなく、入浴したり顔を洗ったり洗い物をしたりするたびにそう思い、涙がこぼれた。明彦は早く忘れようと言った。麻理子には忘れることなんて、できやしなかった。二人の間が、少しずつ遠くなっていった。そんなとき、明彦の海外赴任の話が持ち上がった。この不景気のさなか、望み得る最上のポストなのだと、明彦はひどく嬉しそうだった。

悩んだ挙げ句、麻理子は日本に残った。夫よりは、死んだ娘の側にいてやりたかった。日本とタイでは、ずいぶん遠い。心が遠く離れてしまうには充分なほど。

もう別れましょう――麻理子はそう切り出すために、バンコクにやってきた。夫の性格からして、麻理子からそう持ち出されれば黙って受け入れるだろう。それは現状の、もはや追認でしかないのだから。

そう考えてため息をついたとき、麻理子はふと子供の声を聞いたように思った。カーテンを開けると、眼下には美しい庭園が広がっていた。棕櫚《しゅろ》の葉陰から、ときおりちらりと覗《のぞ》く白い影がある。やはり幼い子供らしい。土地の子供だろうか、麻理子にはわからない言葉で、不思議な旋律の歌を歌っていた。

ああ、自分は今、遠い異国にいるのだ。初めてそう思った。胸が痛んだが、涙は出ない。

ロビーに降りると、待ちかねたように昨夜の青年が朗らかに声を掛けてきた。

「お早うございます。朝食は召し上がりましたか？」

「まだだけど、別に欲しくないわ」

「今日はどちらにお出かけになりますか？　王宮はぜひ見るべきです。それにワット・プラケオ、ワット・ポー、ワット・アルン、ワット・スタット……」

楽しげに、そして幾分誇らしげに羅列する。

「お寺ばっかりね」

やや皮肉を交えて麻理子がつぶやくと、相手はかすかに眉をひそめた。

「それなら少し時間かかりますが、アユタヤ遺跡、どうですか？ ローズ・ガーデンも、日本の方、とても喜びます」いかにも日本からの客を案内しなれた口調だった。「アユタヤでしたら、バスで行って、帰りはクルージングもいいです。このホテルのすぐそばにリバーシティ……船着場があります」

「川が近いの？」

今度は麻理子が眉をひそめた。

「はい。気がつきませんでしたか？ このホテルの正面が、チャオプラヤ川です。船で行けば、ワット・アルン、ワット・ポー、ワット・プラケオ、みんな見えます」

この青年は、麻理子にバンコクの寺を見せたくてならないらしい。好意で言っていることはわかっていたが、決して嬉しいプランではなかった。

「川はいいや。観光する気もないわ」

相手は驚いたように眼を丸くした。自分の口調がややきつかったことに気づき、麻理子は穏やかに言い添えた。

「庭の方がいいわ。裏に大きな庭園があるでしょ？ そこで過ごしたいの」

「……わかりました。お疲れなんですね」青年は気づかうように言ってから、にこりと笑った。「ここのガーデンの美しさは有名です。どうぞ、ごゆっくり」

青臭い湿気が、麻理子の体を押し包んでいた。まるで、温室のなかにいるみたいだった。露を浮かべた濃い緑。光に透ける、浅緑。緑の木々が、匂い立つ。

庭の片隅の棕櫚の木陰に、貝の形をした白いベンチがあった。麻理子はそこに深く腰掛け、何かを待った。

何かが始まり、そして終わるのを。

森の吐息に抱かれるように、麻理子はただぼんやりと時が流れるに任せていた。どれほどの時間が過ぎたかもわからなくなった頃、細い小道を歩いてくる小さな影を見つけた。白い服を着た、異国の少女だった。

少女は麻理子を見るとにっこり笑い、顔の前で祈るように両手を合わせて見せた。麻理子もつられたように同じ動作を返し、それで挨拶はすんだものらしい。少女はもう一度にっこり笑い、傍らのベンチにちょこんと腰を下ろした。ときおり麻理子を見やり、人懐っこく微笑んで見せる。黒い髪に黒い瞳、日に焼けた肌に白いワンピースがよく似合う。

「お名前は、なんていうの？」

日本語でそう尋ねてから、通じるわけがないのに気づいて一人苦笑した。念のために英語で同じことを繰り返してみたが、やはり子供はぽかんとしている。

「ミセス・フジムラ」遠慮がちにではあったが、ふいにそう呼びかけられて麻理子はどきりとした。小道にあの青年が立っていた。

「あー……ランチはどうしますか？　朝から何も食べていないようですが……」

「ちょうど良かった」麻理子は立ち上がり、傍らの少女を指さした。「この子に、名前はなんていうのか、聞いて下さらない？」

青年もまたぽかんとした表情になり、おずおずと麻理子に問い返した。

「はい、何でしょう？」

「この女の子に、名前を聞いて欲しいの」

「女の子にですか？」

「ええ。そこのベンチに座っているでしょう？」

ティプニコーンは曖昧《あいまい》にうなずき、ベンチの前に片膝をついた。少女は大喜びで、脚をぱたぱたさせている。青年は少女にささやくような声で何か言った。少女の唇が動くのが見えたが、麻理子には何も聞き取れなかった。

「泊まり客のお子さんかしら？」

「いや、そんなことはないでしょう」青年は首を振った。「ここの従業員の子供ですよ」

「それで、なんていう名前？」

「ワンナ。そう、言っています」

「ワンナ……そう、いい名前ね」

この国に来て初めて、麻理子は心から微笑んだ。

ワンナが麻理子の部屋を訪れたのは、その夜のことだった。

コトコトと、小さなノックの音がして、ドアを開けるとあの小さな少女が立っていた。驚いて招き入れると、嬉しげにそこら中を歩き回っている。少女は非常におとなしく、ときどき聞き覚えのある歌の断片を口ずさむ他は、いたって静かだった。

やがてワンナはふいに用事を思い出したというように麻理子に向き直り、ポケットから何かを取り出した。そして小さな拳《こぶし》をにゅっと突き出して、麻理子の手の上にぽとりとそれを落とした。

「あら、なあに？」

そう言いながら掌《てのひら》に受け止めると、それは小指ほどもない、小さな小さな人形だった。

「可愛いお人形さんね」

しばらく見つめてから返そうとすると、少女はいやいやをするように首を振る。どうやらくれるつもりで持ってきたらしい。

「どうもありがとう。じゃ、これはお礼ね」

麻理子はテーブルの上から、オレンジを一つ取ってワンナに渡した。少女はこっくりとうなずくと、くるりと踵《きびす》を返し、ドアに向かって駆けだした。

「もう帰っちゃうの？　ちょっと待って、私も……」

子供の背後で、パタンとドアが閉じた。麻理子がキーを取り、ドアに駆け寄るまで、ほんの数秒しかかからなかった筈《はず》だ。だが、赤いカーペットを敷いた長い廊下のどこにも、少女の姿はなかった。

ロビーに降りると、片隅のソファでティプニコーンが本を読んでいた。タイの文字はどこか音符を思わせて、その羅列はまるで楽譜のように楽しげだ。

「これは〈ウォーリイ・ドール〉です」

人形を一目見るなり、ティプニコーンはそう言った。

「ウォーリイ・ドール？」

「はい。枕《まくら》の下に入れて眠ると、心配事や、辛い事がすっかり消えてしまうと言われています。どこで見つけたんですか？」

「さっき、小さな女の子がくれたのよ。あなたも昼間会ったでしょう？」

麻理子の返事に、ティプニコーンはひどく奇妙な顔をした。

「ミセス・フジムラ。そのことなんですが……私にはその子供、見えなかったです」

「え？」

「あなたは誰もいないベンチに向かって、話をしていました。これ、本当のことです」

「じゃあ……」そう言ったきり、しばらく言葉が出てこない。「それなら、あの子はいったい、何だったの？」

青年はしばらく何か考え込んでいたが、やがてゆっくりと言った。

「ここ、バンコクはクルンテープ――天使の都と呼ばれています。あなたが見たもの、きっと悪いものじゃない。辛い事、哀しい事を抱えた人のところに、天使がやってきます……その人に幸せになってもらいたくて」

ティプニコーンが日本語を懸命に手繰り寄せる間、麻理子はじっと、手のなかの小さな人形を見つめ続けていた。

「ティプニコーン。ご苦労だったね」

明彦は共に車に向かう部下に、ねぎらいの言葉をかけた。「どうやら家内はやっとこっちに住んでくれる気になったみたいだよ。いろんなことの始末がつきしだい、日本を発《た》つと言っていた……しかしどういうことだろうね？　子供を亡くして以来、あんなにふさいでいた彼女が、また昔のように笑ってくれたんだよ」

別れ際の、麻理子の華のような笑顔を思い出し、明彦自身も小さく笑った。

ずっとバンコクに来ることを渋っていた妻が、ようやく腰を上げたとき、これはいよいよ最後通牒《つうちょう》を突きつけられるなと半ば以上覚悟していたのだ。

思い当たることもあった。あの恐ろしい知らせがあった日……香織が川で溺れて危篤状態だという連絡が入った日、病院に駆けつけた明彦は、蒼白《そうはく》な顔で立ち尽くす妻に詰め寄り、怒鳴りつけたのだ。

『お前がついていながら、なんでこんなことになったんだ』と。

彼女が明彦を見て、すがりつくような眼をした刹那《せつな》のことだった。その瞬間、麻理子の瞳はすうっと乾いた色を帯びた。初七日が過ぎ、四十九日の法事が終わっても、彼女の眼の色は決して元に戻ることはなかった。

二度と許してはもらえないと思っていた。一人娘と共に妻をも失ったのだと諦めかけてもいた。だがそれでも、最後の瞬間が来るのが恐ろしく、はるばるやってきた妻に会うことを延ばし延ばしにしていたのだ。

「バンコクが、よほど気に入ったんだろうか?」

嬉しい驚きに打たれて、明彦は陽気に部下に話しかけた。

「ここはクルンテープですから」

短く答えて、ティプニコーンは微笑んだ。そして考えていた。再びバンコクにやってきたとき、麻理子はいったいどう思うだろうと。

自分の妻、パットランがオリエンタル・バンコクでメイドをしていることは、いずれ麻理子の知るところとなるだろう。二人の間に、ワンナという名の幼い娘がいることも。

だが自分たち一家のささやかな芝居を、きっと麻理子は怒るまい。ここは天使の都だ。チャオプラヤに生を享《う》け、そして死んでいく者たちの。そして遠い国からやってきた、哀しみを知っている者たちの都だ。

「おや、オレンジだね」車に乗り込むとき、ふと明彦がそう言って小鼻を動かした。「さっきは気がつかなかったが、いい匂いだ」

ダッシュボードの上には、濡《ぬ》れたように光る果物が一つ、神聖なオブジェのように転がっていた。

# 海を見に行く日

あらまあ、珍しい。

どういう風のふきまわし？　一人暮らしを始めてから、手紙一通寄越さなかったくせに。いきなりふらっとやってくるなんて。

ええ、そりゃ、電話は何度かもらいましたよ……こっちからかけたときにはね。あの留守番電話っての、どうも好きになれないわ。いっそ、携帯でも買ったらどう？　それくらいのお金、あるでしょ……必要ない？

あっさり言うわね……まったくもう、糸の切れた凧《たこ》みたいな娘を持った母親の身にもなってよね。

それでお嬢様、今日は何しに……ご挨拶ねってあなたね、そう威張れた立場じゃないでしょ。こっちがいくら口を酸《す》っぱくして、たまには顔を見せたらどうなのって言っても、いつだって忙しいからまた今度って、そればかりくりかえしてたくせに。本当に珍しいったら。

まだ雪には早いと思うけど。

あたし？　急に改まって何を言うかと思ったら。ええ、元気よ、お蔭《かげ》様で。ああ、あれは単なる夏バテだもん、もう平気。なあに、一応心配してくれてたの、ありがと。ほら、大変だったじゃない？　夏からこっち、例の騒ぎで。厨房《ちゅうぼう》の中はみんなぴりぴりしちゃって、生きた心地しなかったわよ。営業停止処分にでもなったら大変だもの。殺菌消毒だの材料の保存だのに神経すり減らしてね。夏バテだって、そのせいだわよ、きっと。今はまあ、とりあえず順調かしらね。こんな不景気のわりにはって意味だけど。ま、ぼちぼちでんなってとこ。

え、旅行？　こないだ温泉に行ってきたけどね、草津よ、草津。お店の慰安旅行で。ううん、一泊二日よお。それが生憎《あいにく》と雨降りで……まあどうせ、お湯につかっているか、口を動かしているかのどっちかだったから、どうでもいいようなものだけど。

あ、なんだ。そっちの話。へえ、旅行に行くの。いいじゃない。だいたいあんた、真面目すぎるくらいだからね。今日日《きょうび》はさ、若い娘ならハワイだグアムだって、世界中飛び回っているじゃないの。なのにあんたったら、ろくにお休みもとってないんじゃない？

で、どこ行くの？

あ、あそこ。ふうん、そう……。外国じゃないのね、またずいぶん渋いとこに……。あたしも昔行ったことあるけど……何にもないところだったわよ、寂しくって。ま、骨休めするにはいいとこかもしれないけど……。

いつって、そうねえ、かれこれ二十……三十年近く前かしら。あんたが生まれる前の話。結婚だって、していなかったわよ。

……そりゃあ、昔とまったく同じってわけじゃ、ないでしょうよ。だけどそんなに変わっているかしらねえ。今だって、全然有名じゃないじゃないの、観光地としては。お魚は美味《おい》しかったけどね。あたしがお店で出す魚にはうるさいの、知ってるでしょ？　だけどどんなに市場で選《え》りすぐってきても、その朝とれたばっかりの、まだぴちぴちはねてるようなお魚にはかないっこないのよね。ほんと、美味しかったわあ……お刺し身も良かったけど、朝御飯に出た一夜干しなんか、まさに絶品だったわ。

干物なんか別にどうだっていい？

ふうん、そう。海を見に行きたいわけね。写真を撮る？　ああそうか、まだあのカメラマンとつきあってたんだっけ……。それは関係ない？　ああそう……。

わかった、わかったってば。こっち側に住んでいると、日本海って一度見てみたいって思うのよね、死ぬまでに。あたしもそうだったもん。それで急に思い立って、一人で行ったのよ。あら、あなたも一人で行く気なの？

やっぱり似てないようでも親子ねえ……。それとも若い娘ってのはみんな、似たようなことを考えるものなのかしらね。

どうしてあたしがたった一人で旅行したかって？

あんたとは違うわよ。別に写真を撮りに行ったってわけじゃない。ふふっ、絶対に当たりっこないわよ。ほんとは内緒なんだけど、まあいいわ。し・ょ・う・せ・つ。小説を書こうって思い立ったわけなのよ。女流作家になってやる、なんてね。ほんのいっときのことだけど。ほんとに若さってのは、突拍子もないことを思いつかせるものよね。我ながら呆《あき》れ果てちゃうけど、でも……ううん、どうしようかしら。これもほんとは内緒なんだけど、まあいいか。時効だもんね。本当言うとその頃つきあってた人がね、小説家志望だったのよ。で、すっかり影響を受けちゃったってわけ。で、あたしも根が単純だから、小説っていうと、海が見える宿に一人逗留《とうりゅう》して、原稿用紙に万年筆を走らせる、なんてイメージがあったわけよ。あたしって、思い立つとあんまり深く考えないで、だーっと突っ走っちゃう方だから……それは知ってる？　嫌な子ねえ、もう。とにかくまあそれで、思い立って出かけたはいいけど、大変だったわよ、本当に。

何がどう大変だったかって、とても一口には言えないわよ……喉が渇いちゃったわ。お茶をいれようね。そうだ、頂き物の栗羊羹《くりようかん》があったのよ。冷蔵庫に入ってるから、切ってくれない。厚めにね。

ふうっ。詰め放題千円のお茶だったけど、けっこう美味しいわね、これ。栗羊羹も上等だし。ほら、ちゃんと丸ごとの栗が入ってる。

ああ、さっきの話？

あたしも結局あんたと同じでね、海が見たいと思っていたの。電車の窓から、ときどき海は見えていたわ。だけどあの町が近づいてきたときに、ああここがあたしの探していたところだって思ったの。なんでかしらね？

お天気はどんよりとした曇り空だった。そのせいかしら、遠くに見えるその海はなんだかのっぺりと灰色で、むしろよそよそしかったわ。そしてあたしを迎えたあの町の第一印象も、おおよそそんな感じだった。

駅で降りたのは、あたし一人きりだったわ。無人駅なのかと思っていたら、ごま塩髭《ひげ》を生やしたおじさんが出てきて、切符を受け取ってくれた。

「一人で来なさったんですか」

おじさんはあたしをまじまじ見て言った。若い娘の一人旅っていうのが、よっぽど珍しかったんでしょうね。東京から来たのかとか、従兄弟《いとこ》の息子が東京の大学に行っているんだとか、ひとしきりそんなことを言っていたっけ……。

改札を抜けると、かすかに海の匂いがしたわ。

駅前は、考えていたよりももっと、がらんとしていた。寂れているっていうのとも、少し違うかな。今はどうか知らないけど、少なくともあの頃は、気まぐれな観光客なんかに頼っている町じゃなかったわ。だから旅行者に素っ気ないかっていえば、そんなことは全然なくて……とにかく見た目の印象とは、実際はずいぶん違っていたのよ。ほんと、なんていうのかしら……奇妙な町だったわ。

最初っからあの町に行こうって決めてたわけじゃないのよ。ほら、思い立ってすぐに出かけちゃったもんだから、宿も決めていなかったし。いくらなんでも、それは無謀よって？　はいはい、ごもっとも。だけどシーズンオフだったから、なんとかなると思ったのよ。実際、なんとかなっちゃったわけだし。

若い娘が一人でいきなり泊めてくれって言っても、たいていの宿は嫌な顔をするだろうってことくらいは、その時のあたしにもわかっていたわ。でもあたしはへいちゃらだった。いざとなったら日が暮れてから飛び込めばいいって思っていたの。そして泣き落としでもして頼み込めば、まさか寒空に追い出しゃしないだろってたかをくってたのね。

幸い、泣き落としの必要はなかった。遅いお昼をとりに、ふらっと入ったお蕎麦屋《そば》さんが、ね、旅館を紹介してくれたのよ。こっちから頼んだわけじゃないのによ。あそこのおばちゃんも親切な人だったわ……おせっかいなくらいにね。やれどこから来たんだ、何しに来たんだって質問攻めの挙げ句、まだ泊まるところも決めていないってことを知ると、あたしがどんなに世間知らずで考えなしかってことを躍起になってわからせてくれようとしたものよ。そしてしまいには、おばちゃんの女学校時代の友達がやってるとかいう旅館を紹介してやるって言いだしたの。あたしにしてみれば、渡りに船ではあったけどね。

店で書いてもらった簡単な地図を頼りに、町のなかをうろうろしてみたわ。だってまだ、まっすぐ宿に行くような時間じゃなかったし、知らない町を散歩するのって楽しいじゃない？　そうそう、ネコがたくさんいたわ。だけどみんな用心深くて、こっちが手招きしてもまるで知らん顔なの。むしろ町で出会う人達の方が、そろいもそろって人懐っこくてびっくりしたくらいよ。お蕎麦屋さんや、駅員さんと一緒。そしてみんな決まって最後にこう言うの。

「島屋さんだったら、こっちですよ」

最後に冷やかした市場の人なんか、まるで咎《とが》めるみたいに「島屋さんは逆の方ですよ」なんて言うのよ。まるで町中のみんなが、島屋の回し者みたいなんだもの。最初のうちは気味が悪かったけど、だんだんその理由がわかってきたわ。その町にある旅館っていうのは、釣り人相手の粗末なものがほとんどで、若い女性が一人で泊まれそうなところっていったら、島屋しかなかったのね。

小さな町だったわ。どの道をどう通っても、結局海にたどりつくの。自然の入江がそのまま小さな漁港になっていて、だから砂浜なんてほとんどなかったわ。入江全体は片側の突端に向かって傾斜していてね——ちょうど螺旋《らせん》階段を輪切りにしたような感じよ——一番高いところは小山のようにせりあがっていたわ。

反対側の低い部分からなかほどにかけては、くすんだ灰色のコンクリートですっかり固められているの。ペンキの剝《は》げかけた漁船がずらっと並んでいて、そこでは船が揺れてロープが軋《きし》む音と、船や岸壁に当たってはじける水の音と、ロープをふるわせる風の音ばかりが聞こえていた。波は高くて、どうかするとしぶきがあたしの方にも飛んできて、少し怖かった。まるで拳《こぶし》を突き出して殴り合いをしているような、そんな暴力的なものを感じて、胸がどきどきしていたわ。

ちょうどそんな時よ。

「……荒れていますねぇ」

いきなり声をかけられて、びっくりしたわ。振り向くと、着物を着た小柄な女の人が立っていたの。笑いかけてきたその眼は細くって、まるでひなたのネコみたいだった。手にしていた買い物袋から、びっくりするほどたくさんの野菜や魚が顔を覗《のぞ》かせていたわ。

「そんなところに立っていたら、寒くないですか？」

その人は、さも親しげにそんなことを言うの。返事ができないでいると、相変わらず笑っているみたいな顔でこう言ったわ。

「もうじき日も暮れますし、よろしかったらご案内しますけれど」

「案内って、どこへ？」

やっとあたしがそう言うと、相手はいっそう眼を細くして答えたの。

「あなたがお泊まりになる島屋へ……申し遅れました。私、島屋の者なんですよ」

その人が島屋の女将《おかみ》だったってわけ。


島屋は入江がひときわ高くなる、ちょうどその手前にあったわ。岬の突端は鋭く切り立っていて、ごつごつした黒い岩肌に波が勢いよくぶつかっては、細かいしぶきになって砕けるのが間近に見えるのよ。

「あの辺りだけ、海の色が違うんですね」

あたしが海の一部分を指さすと、女将は素っ気なく肩をすくめて、

「ああ、あの辺りは深くなっているから。流れも速くて危険だし、みんな船では近寄らない

んですよ」

そう言いながら、さっさと玄関に入ってしまったの。

内心で危惧《きぐ》していたほどには、島屋というところは怪しげでも粗末でもなかったわ。古いことは古いけど、きちんと手入れされていたし、いかにも老舗《しにせ》の宿でございって感じではおよそなかったし、観光地の旅館にありがちな俗っぽさもなかった。一目見て、妙に気に入ったのも確かよ。

あの頃ですら、時代がかっているなって思ったんですものね。今はどうなっているんだか、想像もつかないわ。案外、大して変わっていないんじゃないかって気もする。島屋の女将だってそう、相変わらずちょっと謎めいていて、ひなたのネコみたいに眼を細めて笑っているんじゃないかって思う。あの頃と、ちっとも変わらない姿でね。

笑っているのね。変だと思う？

だけどね、本当にあそこで過ごした時間は、まるで切り取られた絵みたいだったわ。今ここでこうしているあたしと、いろんなものから取り残されちゃったみたいなあの場所とに、同じだけの時間が流れているってことが、なんだか信じられないのよ。

本当に、ずいぶん奇妙なとこだったわ。あの旅館だけじゃなく、町全体がどこかしらね、変だった。

その時、島屋には、他にお客さんがいる様子はなかったわ。だからなんでしょうね、女将はつきっきりで世話をしてくれたものよ。

部屋に通されたのは、四時頃だったかしら。なにせ古い建物ですからって女将はきまりわるがっていたようだけど、床の間には可憐な野花が活《い》けてあったりして、とても居心地のいい部屋だったわ。

一度引っ込んだ女将は、瞬く間に戻ってきたわ。声をかけるなり、すうっと襖《ふすま》を開けて、床に三つ指をついて最敬礼をしているのよ。リアクションに困っていると、女将は顔を上げて、やおらお茶の用意を始めたの。そのお茶のセットっていうのがなんだかずいぶん大げさで、驚いたわ。お菓子は漆《うるし》塗りの縁高《ふちだか》の器に黒文字《くろもじ》の楊枝《ようじ》と懐紙を添えて出されて……なんて言ってもあんたにはよくわからないでしょうけど、とにかく今からお茶会でも始めるのかって思うくらいに正式なお道具を広げてね、おもむろにお薄《うす》を点《た》て始めたの。茶碗は薄桃色の萩焼で、さし出す所作は流れるよう、思わずこちらも深々とお辞儀をして、押しいただくみたいに頂戴《ちょうだい》したわ。お作法通りに飲み終えて、思わず「結構なお点前《てまえ》で……」とかなんとか、口のなかでつぶやいてみたりして……。

その大仰なセレモニーが終わって女将が引き下がると、やっと落ち着くことができたわ。あたしはさっそく原稿用紙を取り出して、執筆に取りかかることにしたの。どんなことを書くかは、行きの電車のなかで考えておいたのよ。なにしろ、たっぷり時間があったから。ところが三十分ばかり書いたところでまた女将が、すうっと襖を開けるわけよ。

「声をおかけしたんですが、気がつかれませんでしたか？」

驚いているあたしに、女将は涼しい顔でそう言うのよ。そして、今から夕食の支度にかかるから、苦手なものがあれば遠慮なくおっしゃって下さいなんて言うの。

「あたしの苦手な食べ物は、奈良漬けとホヤですからどうぞお気遣いなく」

そう言い返してやったら、相手はにっと笑って引き下がったわ。入ってきたときと同じように、すうっと出ていったの。まるでネコそっくりの優雅さとしなやかさでね。

それから……四、五十分ほども原稿用紙に向かったかしら。どうもこれは最初に考えていたほどには、簡単な作業じゃないってことに、遅まきながら気づきはじめていた頃よ。また襖がすうっと開いて、女将が夕食を運んできたことを告げたの。

正直言って、その頃には自分の小説の行く末よりも、食事のメニューの方がよほど重大事だって気になっていたわ。やっぱり若かったから……ペンは剣よりも強し、されどパンよりは弱しってね。え？　そんな諺《ことわざ》はない？　まあいいじゃないの。

とにかく、その時の食事ときたら、今思い出してもよだれが出そうよ。新鮮なお魚を、お刺し身はもちろんだけど、煮物にしたり、焼き物にしたり、お酢でしめたり……どれもうっとりするほど美味しいの。お味噌汁《みそしる》にまでお魚が入っていて、なんだか見てくれの悪い魚だったけど、これがまた絶品なのよ。あれは素材も良かったんでしょうけど、女将の腕も相当のものだったんだと思うわ。

その女将は、ご飯をよそってくれたり、お茶をいれてくれたり、でなきゃ単ににこにこ笑っていたり……つまりずっとあたしの傍らに控えていたってわけ。そりゃ、食べにくかったわよ……しっかり二人前は食べてから言うセリフじゃないけどね。

極めつけはお風呂かしらね。すすめられて、食後すぐにお風呂に入ったのよ。いいお湯だったわ。清潔で湯船はゆったりとしていて、あたし一人で入るにはもったいないくらい……そう思ったのは、でも最初のうちだけだった。

髪を洗っていると、脱衣所の引き戸が開いてね、誰かが入ってきたの。しばらく誰なのかわからなかったわ。だってほら、お風呂場で人様をまじまじ見るわけにはいかないじゃない。あら嫌だ、混浴なんかじゃないわ、入ってきたのは女の人よ、もちろん。

あたしはそそくさと髪の毛をゆすいで、湯船に入ったの。やっぱり少し気恥ずかしかったのね。そしたら、体を洗っている女の人が声をかけてくるじゃないの。「お湯加減はいかがですか？」って。

そう、女将だったってわけ。考えてみれば他にいるわけないのよね。

そのうち彼女も湯船につかると、気持ち良さそうに歌を歌いだしたわ。たぶん、その地方の民謡か何かだと思うけど、あたしはあっけにとられて聞いていた。とってもいい声だったけど、それにしてもねえ……。

「お客さん、いける口でしょう？　後で熱いのをお持ちしますよ」

上がりしな、女将はそんなことを言っていたわ。そしてまあ、なし崩しって感じで始まっちゃったのよね、酒盛りが。二人でさしつさされつ、あたしも嫌いな方じゃないしねえ……。

「若いっていうのは、いいですねえ。肌がすべすべしてて、とれたての魚みたいにぴちぴちしてて、そのくせ柔らかくって、綺麗《きれい》で。お客さんはすごく綺麗ですよ。でもね、お客さん。

私の方がずっと綺麗なんですよ。他の人間が誰一人、そう思わなくってもね、私だけは知っているんです。若い女よりもね、年をとった女の方がずっと綺麗なんだって。でなきゃ、嘘ですよ。ねえ、お客さん……」

そんなことを、女将はくりかえしくりかえし言っていたような気がするわ。酔っぱらっていたのかもしれない。あたしは訳もわからず、ただ、うんうんとうなずいてた。

気がついたら明かりが消えていて、あたしは一人布団の上に寝かされていたわ。

その時になってようやく、一人旅の実感がわいてきたわね……。

糊《のり》のきいたシーツと掛け布団カバーの間に挟まれて、暗がりにぼんやりと浮かぶ天井の木目模様なんかを眺めているうちにね、なんとなくセンチな気分になってきちゃってさ……自分でも気づかないうちに、涙が頬を伝っていたわ。ああ、たった一人なんだって、そう思ったの。だけど現実なんておよそ散文的なものよね。そうこうするうちに、お手洗いに行きたくなっちゃって……。

廊下に出てお手洗いに向かうと、ふいにどこからか、誰かの話し声が聞こえてきたの。ひどく気味が悪かったわ。島屋にはあたしと女将以外の人間がいる様子がまるでなかったんだもの。だけど声の調子からすぐに、女将が電話をしているんだってことがわかったわ。別に盗み聞きしようって気はなかったのよ。ただ、こんな夜遅くにいったい誰と話しているのかしらっていう好奇心がなかったとは言えないわね。それにボソボソと聞き取りにくい会話って、無意識に耳を傾けてしまうものでしょう？

でも結局、大して聞こえやしなかったのよ。

「……何か書いて……怪しい……隠してしまった……そうね、まだ安心は……明日……このまま見張りを……」

こんな感じだったかしら。聞こえてきた断片だけを集めても、充分に不穏当でしょう？　なんだか無性に不安になってしまってね、あたしはわざと足音をさせてお手洗いに行ったわ。用を足して戻ったときには、もう電話の声はやんでいた。

自分の部屋に入ったとき、部屋の中がさっきよりもいっそう暗く、少し室温が下がっているように思ったわ。そして世界中がしんと静まり返っているような気がした。

不思議よね。それまでだって、ずっと静かだったのに。

それにまったくの無音だったわけでもないの。波の音だけはずっと、あたしにつきまとって離れなかったわ。

翌朝はいいお天気だった。自分の家にいたのなら、布団を干したり、洗濯をしたり、そんなことをせずにはいられないようなお天気だった。だけどその時のあたしはただ一人の旅行者だったから、朝食を食べ終わったあと——そう、例の一夜干しが絶品だったってやつね——あたしにできるのは散歩くらいのものだった。女流作家の夢？　そんなものは一瞬でついえたわ。前の日に、曇った空に日が傾きかけていた頃に書いてたときには、なんだか傑作の予感もしていたのよ。なのに次の朝に読み返してみたら、ただのセンチメンタルな繰り言でしかなかった。お日様ってのは残酷よね。女の顔に浮かんだシミやシワを、はっきり自覚させてくれるのも太陽の光だわ。だからって嫌いにはなれっこないけどね。

それでね、朝の散歩を思い立ったあたしは、岬に登るにはどの道を行けばいいのか、女将に尋ねたの。岬の突端に行きたかったんだけど、汐《しお》がひいて少しだけ現れた浜辺も、すぐにごつごつした黒い岩に遮られて、真っ直ぐに行けないことは一目瞭然《いちもくりょうぜん》だったから。それにかなり高い、切り立った岸壁だったから、まさかよじ登れっこないでしょ？　どのみち大回りする外はなかったのよ。

女将はちょっと眉根《まゆね》を寄せて考え込むと、なんだかやたらと時間をかけて図を描いてくれたわ。この町の住人はとにかく地図が好きなのよね。女将はその紙切れを渡しながら、不安そうにこう言ったの。

「近いようで結構ありますからねえ……それに、たまに事故がありますから、気をつけて行ってきてください」って。

足元に気をつけてって、まるで呪文みたいにくりかえしてた。

さてね、ここからが問題なんだけど……。

出発するとき、入れ違いに島屋に向かう人とすれ違ったの。グレイのジャンパーを着て、釣り竿《ざお》を持ったおじいさんだった。おじいさんはあたしを見て、「いい天気ですね」みたいなことを口の中でもごもご言ってたわ。あたしも挨拶を返して、岬に向かったの。ところが想像していたよりも遠いこと、遠いこと。地図によれば道はほとんど迷う余地もないくらいシンプルなんだけど、岬をぐるっと迂回《うかい》してて、反対側から登るしかないみたいなのよ。ほとんど小一時間ほどもかかって、やっと岬の突端に辿《たど》り着いたの。

はるか眼下に、眼に染みるように青い海が広がっていたわ。浅くなっている部分には海草が生い茂っているのか、水のなかで何かがゆらゆら揺れているのが見えたわ。その間から、黒いごつごつした岩が突き出ていて、波が勢いよくぶつかっちゃあ、盛大な白いしぶきを上げていた。

遠くからやってきた甲斐《かい》があった。

つくづくそう思ったものよ……その瞬間は。

もっとよく見ようと身を乗り出したとき、すぐそばの岩陰から、誰かがにゅうと顔をつき出したの。口もきけないほど驚いたものよ。だあれもいないと思っていたんだもの。

その先客をよくよく見て、二度びっくりよ。そこにいたのは、あのグレイのジャンパーを着て、釣り竿を持ったおじいさんだったの。

おじいさんはあたしを見て、口の中でもごもご言ってたわ。

「いいお天気ですねえ」って。

開いた口がふさがらないとはこのことね。この時になってようやく、あたしは事の次第に気づいたってわけ。遅まきながらだけどね。

あら、やだ。本当にわからないの？　嫌ァね、いったい何を聞いていたのよ。

いい？　島屋の女将がわざわざ地図まで書いてあたしに教えてくれたのは、迂回路だったのよ。本当は、もっと近い行き方があったの。でなきゃ、おじいさんが先回りできるわけないでしょう？

女将が回り道を教えたのはなぜかしら？　それは見え透いているわよね。あのおじいさんに先回りさせるために決まっている。じゃ、なぜ先回りさせたのか？

その答えも、実は見え透いていたわ。最初っからね。

本当にわからないの？

それは、若い娘が身投げするのを防ぐため。

そもそもの最初から――あの町の駅に降り立ったときから、あたしは自殺志願者だと思われていたってわけなの。小さな町よ、情報はあっという間に広がったでしょうね。町の人達は寄ってたかってあたしを島屋に送り込んだ。あそこなら、仕事の名目で、あたしを見張り続けることができるから。お風呂の中にまでついてきたのはそのためよ。手首でも切られちゃ、かなわないって思ったんでしょうね。だけど本当に危ないのは、翌日宿を発ったあとのこと……女将はそう考えたんでしょうよ。だから夜のうちに、あのおじいさんに電話で依頼しておいたの。翌日の見張り役をバトンタッチしてもらうために。ところが彼が到着する前に、あたしが発とうとしたものだから、女将は慌てた。しかも案の定――と女将は思ったでしょうけれど――身投げにはもってこいの岬に行こうとしている……。

それで女将は時間稼ぎのために、迂回ルートをあたしに教えたってわけ。あたしが馬鹿正直に大回りすることを期待してね。

後で知ったんだけど、例の岬は自殺の名所だったそうよ。汐の流れの関係で、あそこに飛び込んだ人の遺体はなかなか上がらないんですって。とんだ名所もあったものね。


なあに、ずいぶん深刻な顔しちゃってさ。

ほんとは違うんでしょって、何が？

小説を書くっていうのは口実で、本当は海に身を投げるつもりだったんでしょうって？

何を言いだすかと思ったら。

……そりゃあね、あの頃はちょっとヤケになってはいたけどね。なにせつきあってた男に振られたばっかりだったから。一人旅の動機の一つじゃなかったって言えば、嘘になる。嫌になるくらいありきたり……でも、勘違いしないでよね。自殺なんてとんでもない。相思相愛の男に死なれたとでもいうんなら、まだ世間様の同情だって集まるかもしれないけどね。男に逃げられて身投げする女なんて、ただの馬鹿じゃない。あたしはそんなの真っ平御免ですよ。カッコ悪いったらありゃしない。土左衛門にカッコいいも悪いもないけどさ。

だけどね……ほんとのところ、あの町はいいところだったわ。あの人達に会えて良かったと思ってる。それだけは確かよ。

……もう帰っちゃうの？　晩御飯くらい、食べていけばいいのに。

ああそう、うん。無理にとは言わないけど。あ、ちょっと待ってて。そう、お化粧でも直してなさい。肌がくすんじゃってるよ。ちゃんとファンデーションを塗って……。

……お待たせ。ああ、顔が明るくなったわね。ほら、これ。バッグにしまって。そんな怪《け》訝《げん》そうな顔をしないの。言っとくけど、これはお餞別《せんべつ》ってわけじゃないわよ。旅費よ、旅費。行って、帰ってくる分の……。

なんて顔してんのよ。

なんとなく、さ。なんとなく、思ったのよ。帰りの分は持ってないんじゃないかって。

――気をつけて、行っておいで。足元に気をつけて。

ほらほら、どうして泣くの。せっかく塗ったおしろいが、剝げちゃうじゃないの。しょうがないわね、まったく。小さい子供みたいなんだから、ほんとに。

海を見に行くのはいいことだわよ。心のなかの、もやもやっとしたものが、綺麗に流れ落ちちゃうから。

そうしたら、戻っておいでよね。あたしんとこに。

ねえ、わかった？　約束よ。

きっとね……。

# 橘の宿

信濃《しなの》の国の山中を、一人の若者が歩いていた。故あって都を出奔《しゅっぽん》し、ただ闇雲《やみくも》に北へと旅を続けてきたのだが、はや日も暮れかかり、人家も見かけなくなって久しい。

これは野宿でもするより外ないのだろうかと見渡す周囲にはびっしりと下草が生い茂り、いかにも蝮《まむし》か毒虫でも巣くっていそうな様子。その上さきほどから、何やら怪しげな遠吠《とおぼ》えが聞こえる。質《たち》の悪い山犬か、いや、ひょっとすると話に聞く狼《おおかみ》という奴かもしれぬ。そう考えると、さしもつわものを自任する男も、心細さと寒さも手伝って、ぶるぶると震えだした。やはり引き返した方が良いのかと振り返れば、もとより獣道《けものみち》のように頼り無かった道が今はどこにも見当たらない。ざわざわと、嘲《あざけ》るように草がざわめいているばかりである。

こういうときは慌てぬが良いと己に言い聞かせ、歩みを止めたその時、例の吠え声が思いがけぬほど近くで響いた。男は驚きと恐怖に飛び上がり、もはや足元もおぼつかぬ闇の中を、無我夢中で駆けだしていた。

どれほど駆け通したであろうか。ふいに何かに足をとられ、地面にどうと倒れた。何か物《もの》の怪《け》にでも足を捕まえられたようなおののきに、男は思わずぎゅっと眼を閉じた。が、やがてそれがただの木の根に過ぎぬ事がわかると、幾分落ちつき、湿った苔《こけ》の上にその身を横たえたまま、乱れた呼吸を整えた。実際、何にもぶつからずにこられたのが不思議、というほどの勢いで走っていたのだ。男は大きく息をつきながら、これから一体どうしたものだろうかと思案した。しかし、幾ら案じたところでいささかなりとも好転するような生易しい状況とも思えない。そもそも己が現在どこにいるのかすら、皆目《かいもく》見当がつかない有り様なのである。

男はもう一度、大きく息をついた。

その時、男の鼻腔を甘い香りがくすぐった。なぜかひどく懐かしい心持ちのする、そんな香りである。男はどうしてか、とうの昔に亡くなった母のことを考えていた。今の今まで、思い出すことすらしなかった母親の面影が、ぼんやりと瞼《まぶた》に浮かんでいた。

男はふらふらと起き上がり、その香りが漂ってくると思われる方角へと歩いていった。水のなかを進むようにけだるく、そして何か強い力に牽《ひ》かれているような歩き方だった。

やがて、男は立ち止まった。眼の前には一軒の小さな家があった。折よく雲が切れ、月が姿を現して、その質素ながらも趣のあるたたずまいがはっきりと見てとれた。その扉の細い隙間《すきま》からは、暖かそうな明かりが漏れていた。そしてあの香りは今や、胸苦しいほどに強く漂っていた。その時になって、男はそれが花橘《はなたちばな》の香《か》であることに気づいた。山家を囲むようにして、たくさんの橘の木が白い花をいっぱいにつけていたのである。

このようなところに人が住んでいるらしいということも奇妙ながら、この季節に、またこんなところに橘が花をつけているというのも、まったく不思議なことであった。しかし、男はそうしたことは気にもとめずに、大急ぎで扉を叩いた。男の極めて大雑把な頭にあったのは、獣の類《たぐい》に怯《おび》えずにすむ一夜の宿と、そしてうまくすれば温かい夕餉《ゆうげ》とを手に入れられるかもしれない、といういささか虫のよい望みだけであった。

ややあって、扉の内から、どなたです、と返ってきたのは思いがけず若い女のものらしい声だった。男は少なからず驚き、狼狽《ろうばい》した。こんなところに住まっているのは、おそらくは世捨て人の年寄りだろうと、勝手に思い定めていたのだ。

男はうろたえながらも扉に向かい、

「私は旅の者で、決して怪しい人間ではありません。なんとか一晩だけ泊めてはもらえないでしょうか。決してご迷惑はおかけしませんから……」

と扉に頭を下げかねぬ勢いで喋り始めたものの、何の返答もない。不安になった男は、さらに自分が本当は由緒《ゆいしょ》ある家柄の出自であること、都で巻き込まれたつまらぬ事件のことなど、いらぬことまで話しかけ、さすがに口をつぐんだ。そしてやや恨《うら》めしげに扉から漏れる明かりを見つめ、やはり野宿するよりないのかと立ち去りかけたとき、背後でコトリと物音がした。振り返ると、扉がわずかにきしみ、次いでごく細めに開けられ、そして思い切ったように大きく開けられた。

息を呑《の》む、とはまさにこのことであろうか。

天女とみまごうばかりに美しい女が、月の光に照らされ、そこに立っていた。たとえ都中探したとて、今、男の眼の前にいる女の半分も美しい女は見つかるまいとさえ思われた。実際、その女の美しさには、何か生きている人間から遠く離れたものがあった。

上《あ》がり框《がまち》には女の物らしい華奢《きゃしゃ》な履物が一つっきり。信じがたいことに、この若い女はたった一人でこの山奥に住んでいるらしい。

ごく猜疑心《さいぎしん》の強い人間なら、もしやこの女、狐《きつね》か狸《たぬき》が化けたか、はたまた物の怪の類かなどと怪しんだことだったろう。しかし幸か不幸かこの男、人を疑うことを知らぬかのような単純な造りの人間で、ただただ女の美しさにぽかんと見とれるばかりだった。

（そうだったのか）深い驚きに打たれながら、心の中で男は一人妙に納得していた。（俺が都を追われる羽目になったのも、訳もわからず旅を続けて来たのも、すべてはこの女に出会う為だったのだ）

翌日、早朝から起きだした男は旅を続けるどころか、遠い泉から水を汲《く》んできてやったり、薪《まき》を割ってやったり、実にまめまめしく働き始めた。やがておもむろに膝を正し、少年のように頰を赤らめて切り出した。

こんなところに一人住まっていては、どんなにか不自由で心細かったことだろう、いつなんどき、どんなことが起こらないとも限らない。しかしこの俺が来たからにはもう安心だ。何があろうと守ってみせる。どうか自分の女房となってはくれまいか……とまあそのようなことを無骨ながらも真剣この上ない口調で女に訴えかけたのである。男の思いが通じたのであろうか。このあまりにも唐突で性急な申し出に対し、女は微笑《ほほえ》み、黙って頷《うなず》いたのである。

その家は内も外も橘の芳香に満ちていた。どの木も溢《あふ》れんばかりに白い花を咲かせている。ところが、縁《えん》の正面にある大きな老木だけは、なぜか花をつけていない。男はこれを不思議に思い、あるとき女に尋ねてみた。すると女は縁先に進み出て、そんなことはありません、ちゃんと花をつけております、ほら、と示す枝の先にはなるほど、驚くほど大きな花が一輪だけ咲いている。男は妙に感心し、「なぜあの木だけひとつっきり花をつけないのだろうか?」と重ねて問うた。むろん思ったままを口にしただけで、返事を期待しての問いではない。女も笑って、さあ、なぜでしょうねと首を傾《かし》げるばかりであった。

そんな些細《ささい》なことはじきに忘れてしまい、男は毎日有頂天《うちょうてん》になって女の喜びそうなことをして過ごしていた。手製の弓矢で獣を獲ったり、川魚を釣ったり、木の実をとってきたりしては瞬く間に戻ってきて、得意そうに女の前に獲物を並べ、女が嬉しげな顔をするのを見てはたいそう喜び、己をつくづく幸せ者だと思うのだった。

ある十日余りの月の夜。縁先にたたずみ、空を振り仰いではため息をつく女の姿があった。それを見た男が、「まるでかぐや姫のようではないか。月を仰いでいったい何を嘆いているのだ」と話しかけたところ、女はゆっくりと男の方に向き直り、本当にかぐや姫のような心持ちですと寂しげに言うのだった。わたくしが仰いでおりますのは、青い小さな月でございますが、と小さくつけ加え、すっと奥に入っていった。男は怪訝《けげん》に思い、自分も夜空を見上げてみた。いつに変わらぬ美しい月がそこにあった。伝説のかぐや姫ですら、自分の妻ほどには美しくなかったに違いない、などと男は考え、ふと眼を落とすと、月の光にいっそう青く照らされている、まだ青い橘の実が一つ、そこにあった。

それからどのくらいの日々が経ったのか。男にはわからなかった。ひどく長い時が過ぎたようにも思われるし、ほんのわずかのようにも感じられる。そんなことは男にとってはどうでも良かったし、また、気にしてもいなかった。

その日も男はいつものように、意気揚々と獲物を持ち帰り、ふと立ち止まると何やら怪訝そうな顔をして考え込んだ。やがて自分は道を間違えたに違いないと合点した。いったい何をぼんやりしていたのだろうと一人苦笑しながら、常日頃、目印にしていた杉の大木のところまで戻り、今度こそはと自信を持って歩きだした。そしてまたしても目的の場所に帰り損ねたのを知るに及び、ようやく不安になった。

その景色は最初、まったく見知らぬものに思えた。だが、眼の前に立つ巨大な枯れ木に、何かひどく見慣れたものを感じたのだ。思わず駆け寄り、その枯れ木の幹に触れてみた。よくよく見るまでもない。それは確かにあの橘の老木の、変わり果てた姿であった。朝、出掛けるときにはあれほど青々としていたものが、今はその細い葉もかさかさに乾き、頼り無げに風に揺れている。枯れた葉の間を風が吹き抜けるたび、言いようのない恐ろしい音を立てるのだ。

信じられぬというように、男は何度も何度も首を振った。そして、狂ったように女の名を叫んだ。自分の女房は、自分たちの家は、あれほどあった橘の木は、いったいどこへ消えてしまったというのだ。どこに消えてしまえるわけがあるというのだ。男はなおも、女の名を叫び続けた。しかしその声は、虚《むな》しく空へ吸い込まれてゆくばかりである。

男の足元には、見事な橘の実が一つ、力尽きたように転がっていた。そしてその橘の実を、傾きかけた陽が、金色に照らしだしているのだった。

# 花盗人

おばあちゃんの家は、決して広いとは言えない。部屋は四畳半と六畳の二つだけ、今時珍しい木造の平屋である。四年前まではおじいちゃんと二人で暮らしていたし、もっと前は一郎おじさんとお父さんの一家四人で住んでいた。今はおばあちゃん一人だ。

「一人で暮らすには、広すぎるくらいよ」

顔を合わせるたびに建て替えを勧める一郎おじさんに、そう言っておばあちゃんは笑う。一郎おじさんは、一人なら充分でも、とか、年寄りが一人で暮らすなんて、とか、なんだかむにゃむにゃ口のなかでつぶやいているけど、たいていそこで話はお終《しま》いになる。

おばあちゃんは別に住み慣れた家が壊されるのをいやがってるわけじゃないし、そこに二世帯住宅を建てておじさん一家と暮らすことが面倒なわけでもない——そこんとこ、おじさん夫婦はどうも誤解して、それでひがんでいるみたいだけど。

「そのためにはどうしたって庭をつぶさなきゃならないでしょう。そしたら私の胸も一緒につぶれちゃいますよ」

おばあちゃんはいつだって正直にそう言っているのに、どうしてわからないんだろう。わたしはよく知っている。おばあちゃんと十坪ばかりの庭とは、一心同体も同然の関係なのだ。

いや、十坪ばかり、ではないよね。今の東京の住宅事情じゃ、庭に十坪もあれば立派だよ。そこにおばあちゃんは、まるで親のカタキみたいに花を植えている。あんまり整理整頓って感じの植え方じゃないけど。だからおばあちゃんの庭はいつもお花畑みたいだ。火が燃えているみたいに、とにかく目立つ。

たぶん、そのせいだろう。この庭にはちょいちょいドロボーさんが現れる。おばあちゃんが丹精込めた、一輪咲きの真っ赤なバラが、ようやく見事に咲いたと思ったら、翌日にはもうなくなっていたりする。出来心にしては、妙に切り口が鮮やかだったりするのよね。花盗人に罪はないって？

そんなことを言う人に、見せてあげたいもんだよ、おばあちゃんのしょんぼりした顔を。おばあちゃんは何にも言わない。黙って、また別な花の苗を植える。草花の種をまく。

この間、おかしなことがあった。

突然、庭にぽっかりと穴が開いたのだ。庭の隅にある、柚子《ゆず》の根元だ。前の日にはそんなものはなかったから、どうも夜のうちに誰かが掘り返していったらしい。おばあちゃんは夜が早いし、少し耳も遠いから、まるで気がつかないでくうくう寝ていた。雨戸を開けて、びっくり仰天ってわけ。

「宝でも埋まっていたんじゃないのかなあ」

ちょうどその日にやってきたおじさんはそんなことを言ってから、わたしの方を見てちょっと恥ずかしそうな顔をした。

関係ないけど、おじさんは用もないのに時々やってきては、長いこと居心地悪そうにモジモジしている。いつだったか、なんでだろうねってお父さんに聞いたら、

「お前があんまりいりびたって、おばあちゃんに可愛がってもらってるから、兄貴の奴、心配になったんじゃないかなあ」

呑気そうにそんなことを言っていた。大人の考えることは、どうもよくわからない。わからないと言えば、人んちの庭先に穴なんか掘る人の気だってまるでわからない。

「死体でも埋めようとしたのかしら」

なんて物騒なことを言ったのはお母さん。まさか、ねえ。サスペンスドラマの見過ぎだってば。

だけどおばあちゃんの庭に現れるのは、何も花ドロボーや謎の穴掘り人だけじゃない。たまにはいいことだってある。

二週間くらい前のことだ。おばあちゃんが朝起きたら、花が増えていた。庭の一番いい場所に、パンジーが植えられていた。ちょっと弱々しい三色スミレが、並べて三つ。

「黙ってお花を持って行っちゃった人が、お返しをくれたのかしらね」

おばあちゃんはニコニコしていた。

今日、夕御飯をごちそうになって家に帰ろうとしたら、知らない女の人がスコップを持ってしゃがみこんでいた。あのパンジーを根こそぎ掘り返して、ビニール袋に入れている。

「これはね、元々あたしのなのよ」びっくりしているわたしの顔を見て、女の人はすまして言った。「うち、アパートなんだけどあまり日が当たらなくってね、転地療養させてもらってたの」

すっかり元気になったパンジーを袋に入れ終わると、その人はすっくと立ち上がって出て行ってしまった。

後に残ったのは穴ぼこ三つ。

見ているうちに、最初の穴ぼこのことを思い出した。

最近は、土って買ってくるんだよね。デパートやスーパーの園芸コーナーで。けっこう高いの、土のくせしてさ。

あの人は、ベランダでパンジーを育てようと思ったとき、土をどこから持ってきたんだろう？　まさか、ねえ。でも……あのちゃっかりした人なら。

ううむ。わたしは腕組みをした。おばあちゃんに、なんて言おう。

# 商店街の夜

その古ぼけたシャッター全部に、色鮮やかなペンキで感じの良い絵を描く、というのは確かに悪くない思いつきだった。

何しろあの商店街のシャッターときたら、どの店もそろいもそろって汚らしい。埃《ほこり》まみれで、あっちこっち錆《さび》が浮いてて、ずいぶんとでこぼこで、開け閉めのたびにスクラップの断末魔さながらのすさまじい音を立てる。店じまいした後の通りには、その薄汚い灰色の壁がえんえんと続く。商店街がいかにもうらわびしく見える原因のすべてではないにしても、充分理由のひとつではあったのだ。

あの商店街、と僕が呼んでいるのは、もちろんムサシノ銀座のことだ。と言ったところで、即座に場所がわかる人はそう多くはないだろうけど。しかし想像はできるはずだ。それは各駅停車しか停《と》まらない私鉄沿線の駅で下車し、五分ほど歩いた場所にある。昨今はやりの駅前開発だの、駅前改造計画だのからは、みごとに取り残されてしまっている。入り口のところに不細工なアーチがあり、ムサシノ銀座と麗々《れいれい》しく文字が並んでいる。銀座とは恐れ入った度胸だが、やはり多少は気がひけるのか、〈銀〉の文字が斜めに傾いていたりするのがご愛敬《あいきよう》だ。アーチのてっぺんあたりには、去年のクリスマスのときに外しそこねた金モールの切れ端が、すっかりよれよれになって風に揺れている。アーチをくぐれば、そこにあるのは三十軒ばかりの雑多な商店だ。八百屋だの、金物屋だの、薬屋だの、その他様々な店が、ごたごたと軒を並べている。途中、一カ所に赤い郵便ポストがあり、二カ所に『世界人類が平和でありますように』という例の標語が掲げられている……。

ようするに、日本全国に何百とあるだろう商店街のひとつだと考えてもらってさしつかえない。

もし、ムサシノ銀座商店街へ行ってみたい、なんていう酔狂な人がいたら、僕が案内してもいい。ただあらかじめ断っておくが、まったくなんの変哲もない、つまらないところだ。少なくとも、ある一点をのぞいたら。

僕のアパートにもっとも近いのはクリーニング屋で、この付近が商店街のもう一つの入り口になっている。こちら側には例のユーモア溢《あふ》れるアーチはない。深夜、または早朝に見かけるクリーニング屋は、どうにもあまりぱっとしない。シャッターが（この商店街の他の例に漏れず）すこぶる不細工なのだ。『おしゃれ着』だの『ウール』だのといった文字が、下手くそなレタリング文字で書いてあり、その横になんとも眼つきの悪い羊の絵が並んでいる。どちらのペンキもはげちょろけていて、いささか貧乏たらしい印象だ。このやぶにらみの羊は、もうずいぶん長い間、商店街の門番よろしく朝に夕に通行人を見張り続けてきたのだろう。

クリーニング屋の隣には花屋がある。たまに早く帰ったときには、店の主人が売れ残りの傷《いた》みかけた花を、小さなブーケにしている光景を見ることができる。五百円くらいの値札をつけておくと、通勤帰りのサラリーマンがけっこう買っていくらしいのだ。奥さんへのささやかな贈り物なのかもしれない。

その正面が落花生の専門店。その隣が豆腐屋。どちらの店も、頑固に看板通りの品物しか扱っていない。昼間見たとき、薄暗いガラスケースの奥で水に沈んでいる豆腐は、こう言ってはなんだがいかにもまずそうだったし、小山のように積まれた落花生なんて、正直そうそう食欲をそそられる代物とは言い難い。いったいどういう購買層を持つものか、店の前を通るたび、いつも不思議に思う。

豆腐屋から二軒おいた隣に、なんだかよくわからない店がある。雑貨屋と荒物屋と金物屋とペットショップとが、空中衝突して一カ所に落ちてきた残骸《ざんがい》、とでも言えばいいだろうか。軒先に大きなカゴがぶら下がっていて、なかに見事な九官鳥がいる。もっともそいつは商品ではなさそうだ。その下には金魚用の浮き草が、たらいのなかにプカプカたくさん浮いていて、ひとついくらと値段が書いてある。その隣には得体の知れないゲーム機があり、休日にはいつも二、三人の子供がとりついている。そして店のなかはと言えば、これはもう足の踏み場もないといった有り様だ。ノコギリとフライパンが仲良く並んでいるかと思えば、あっちの片隅にはもう秋だというのに、蚊取り線香が積んであり、その上にアクセサリーのように花火がのっかっている。様々な化粧品の瓶の隣に、『頑固なシミもこれで真っ白』が謳《うた》い文句の衣料用漂白剤が並んでいるのは、店主一流のユーモアのつもりだろうか。それにしても、金魚の餌《えさ》のすぐそばに魚焼き網があるのは、いささかブラックに過ぎる気もする。だが結局、この店においては売る方も買う方も、そんなことには頓着《とんちゃく》してやしないというのが事実なのだろう。

その正体不明の店の斜め前が八百屋だ。この店は秋になるとサイドビジネスのつもりか、焼き芋を作って売っている。いつだったか空腹だったこともあって、一瞬買おうかとも考えたのだが、結局そのまま通り過ぎてしまった。僕の場合、羞恥心《しゅうちしん》という代物は、こうしたごくつまらない場面でしばしば顔を出す。

そして八百屋の隣が薬屋。ケロヨンが店先に立っている。前々から思っていたのだが、どうもここのカエル人形は、他で見かけるものとずいぶん色が違っている。かなりグロテスクなモスグリーンなのだ。思うに、色あせてきたので店主が自らペンキを塗り直したものではないか。明らかに、色選びの段階で失敗していた。店主の色彩感覚はさておき、僕はこの薬局が好きだった。いつだったかひどい風邪をひいたとき、立ち寄ったことがある。容体を聞いて熱まで計ってくれた上で、数種類の薬を選んでくれた。紙袋に入れて手渡すときに、店の親父《おやじ》は、「だけどねあんた。こんな薬飲むより、食べるもん食べてあったかくして寝てんのがいちばんだよ」僕をじろりと見ながらそう言った。

その隣は眼鏡屋で、眼鏡をかけた女の人がときどきウィンクする悪趣味な看板が置いてある。その隣は衣料品屋。奇妙にリアルなマネキンが、少しばかり野暮ったい服を着せられて、通りを恨めしげに睨《にら》んでいる。さらに隣は米屋だ。ビニール袋に詰めた何やら奇態なものを並べて売っているので、思わず近寄って見ると米糠《こめぬか》だった。それからその正面が……。

この辺りでやめておくとしよう。すべての店を紹介するまでもなく、この商店街の雰囲気がなんとなくわかってもらえたんじゃないかと思う。

そのムサシノ銀座は、僕のアパートから駅へ、駅からアパートへの道なりにあった。だから僕は少なくとも平日は必ず、この商店街を二回通り抜けている。最初は早朝に、そして二度目は夜、それもたいていは十時を回ってからの帰宅の途中に。

だいたいが、『余剰人員は絶対に作らない』と社長が豪語するだけあって、新入社員の僕に与えられた仕事はめっぽう多かった。会社での一日は、オンラインが打ち出した表と睨めっこしたり、パソコンの計算式を悪戦苦闘してインプットしたり、実績表からある特定期間の、特定商品の出荷状況を抜き出したり、とまあそんなようなことで費やされていった。僕の担当分と決められた仕事や、別に決められてはいないけれど気付いたら僕のものになってしまっていた仕事をこなすために、僕はやたらと早く出勤し、誰よりも遅くまで残っていなければならなかった。

『最初は誰でもそんなもんさ』

そう、会社の先輩は訳知り顔に慰めてくれるが、たぶん、僕は人よりちょっとばかり要領が悪いんだろう。けどまあそんなことはどうだっていい。

とにかく僕はこの春に入社して以来、同じような日々の連なりのなかで、朝早く出勤し、夜遅くに帰宅することをくり返していた。そして季節はいつの間にか、秋になっていた。

考えてみると変な話だが、僕はさっき紹介したようなムサシノ銀座の昼間の顔にはあまり出合わない。僕が一番良く知っているのは、シャッターを降ろして眠りについた夜の商店街だった。あるいは眼を覚ます遥《はる》か手前の、妙に白けたよそよそしさを持つ早朝の商店街だ。だから日曜なんかにここを通りかかると、却《かえ》って妙な気がしてしまう。狭い通りに雑多な品物が溢れ、色彩に溢れ、それなりに人でにぎわい、言葉や音楽や騒音が飛び交う。それにあの独特の匂い。温室咲きのフリージアの香りや、掻き揚げの油の匂いや、焼き鳥のタレの匂いや、美容院のパーマ液の匂い。そのほかの様々な匂いが渾然《こんぜん》となって、商店街の空気を作り出している。僕はその空気を吸い込み、走ってくる自転車に道をあけ、主婦の立ち話の断片を耳にし、何とも言えない不思議な気分になってくる。

いったい、昼間の商店街と夜の商店街とは果して同じ場所なのだろうか、と。

ここからが本題だ。

その夜、僕は商店街の入り口付近（例のアーチのある方だ）にある中華料理屋で、遅い夕食をとっていた。その店は商店街のなかでは比較的遅くまで開いているので、しょっちゅう利用していたのだ。取りたててうまくもないが、安くて量が多く、それが僕には何よりだった。この店はガレージのように細長くて狭苦しく、カウンター席の他には窓辺にテーブルがひとつあるきりだ。他の客の姿はなかったので、僕はそのテーブル席に腰掛けていた。カウンターに座って料理人と二人きりで向き合うのは、ちょっと気まずかったのだ。

窓の向こうは料理の見本を置く棚になっている。あのロウでこしらえた奴だ。どれも薄汚れていて、いかにもまずそうに見える。チャーハンなどは、米粒をかたどったロウの一粒一粒の隙間《すきま》に油染みた埃が積もっていて、あまり食欲をそそるというわけにはいかない。その作り物のチャーハンと汚いガラス越しに、往来が見えた。正面は銀行で、その時間は当然閉まっている。この銀行は商店街のなかでは一番の敷地面積を誇っていた。ということはつまり、シャッターの占める割合も一番ということになる。

何気なく銀行を見やって、おや、と思った。

一人の男が、シャッターに向かって何やら作業をしているのだ。見ていると、バケツの水と洗剤をスポンジに含ませ、シャッターの溝に沿って丁寧にこすっているのがわかった。こんな時刻にシャッターの掃除とはまたご苦労な、と思いながら、僕はカルキ臭い水を一口飲んだ。往来の男はシャッターの汚れをすっかりぬぐい取ってしまうと、今度はぼろ切れを取り出し、から拭《ぶ》きし始めた。実に丁寧でありながら、素早い仕事ぶりだった。男がすっかり拭き終えた頃、ラーメンが出来上がってきた。それをすすり込みながら、僕はなおも男の作業を見守っていた。

シャッターの表面がきれいに乾くと、おもむろに大きなペンキの缶のふたを開けて、幅広の刷毛《はけ》にたっぷりと中身を含ませた。余分なペンキを缶のなかに垂らすと、男はぐいっと背伸びをし、なんの迷いもない慣れた手つきで、シャッターの上に刷毛を滑らせ始めた。溝に沿って丁寧に、正確に、しかも素早く。ペンキの色は、頼りない街灯の光でははっきりとしなかったが、青みがかったグレイのように見えた。地上から三分の二くらいのところまでくると男は手を止め、別の缶のふたを開けた。ペンキの色を変えたのだ。新しいペンキで、男は残りの部分を塗り終えた。色は茶褐色のように見えた。すっかり塗り終えると、男は次のシャッターに移っていった。銀行のシャッターは、全部で四枚あったのだ。

僕がラーメンを食べ終えるまでに、男は二枚目のシャッターをほぼ塗り終えていた。男の熟練し、無駄のない一連の動作はいっそ爽快《そうかい》で、ちょっとしたショーを見る思いだった。

僕はもっと男の作業を眺めていたいと思ったが、ラーメンはとうに食べ終えていた。店主がさっさと店じまいをしたがっているのは明らかだった。やむなく僕は立ち上がり、勘定を払って店を出た。

すでに男は三枚目のシャッターに取りかかっていた。くすんだ鼠色《ねずみいろ》の作業着を着た背中は、見物人の存在などお構いなく、ただ黙々と働き続けていた。

翌朝、僕は銀行の傍らをゆっくりと通り過ぎた。幾人かのサラリーマンが、早足に追い抜いていった。彼らにとっては、たかが銀行のシャッターなど、色が変わろうが、素通《まとお》しのガラスになろうが、なんの関心も興味もないだろう。僕だって前夜に男の仕事ぶりを目の当たりにしなければ、変化に気づきもしなかったに違いない。

僕はシャッターを明るい陽の下で改めて見直した。端から端まできっちりと均一の厚さでむらなく塗られた様を想像していたのだが、予想は外れた。しかし下手くそに塗ってむらになった、というのでもなさそうなのだ。むしろ、微妙にトーンの違った色を、ごく緻密《ちみつ》な計算に基づいて幾重にも丁寧に塗り重ねたように見える。

もっとも上の部分はグレイというよりは真っ青に近かった。それがだんだん薄くなり、ところどころにパラフィン紙のような白がかすんでいた。下の部分は茶褐色には違いなかったが、ずっと黒ずんだ箇所や、黄色みを帯びた箇所があった。

僕はシャッターを数秒眺め、そして突然理解した。

それは空と、そして地面だった。

そう気づいたとたん、ちょっと見には奇妙なツートンとしか見えなかった銀行のシャッターが、果てしない奥行きを持って僕の眼に飛び込んできたのだ。

何かが起こる——ふとそんな気がした。そう思ってから、妙に気恥ずかしくなって一人肩をすくめた。なんだい、たかが銀行の古ぼけたシャッターじゃないか、と。

だがその夜、僕はなぜかふたたび吸い込まれるように昨夜と同じ中華料理屋に入り、同じ窓辺の席に陣取っていた。閉店にはまだ間があり、五、六人の先客がカウンターにいた。

男はすでに作業を再開していた。前夜の下塗りはすでに完全に乾いているみたいだった。その上に、チョークのようなものでデッサンをしている。と言っても、最初のうちは単に縦に長い線を幾本も引いているようにしか見えなかった。あっという間にシンプルな下書きを終えると、男は作業箱から刷毛を取り出した。下塗りに使った物よりも幾分幅は狭い。男は缶のふたを取り、刷毛に充分ペンキを含ませた。やがてその刷毛はためらいのない手に操られて、自由自在にシャッターの表面を滑り始めた。

しばらくは、やはり縦に幾本もの線を引いているようにしか見えなかった。地面の部分に突き刺さった、たくさんの杭《くい》のようにも見えた。だがやがて、男が描こうとしている物の正体がわかってきた。

それは樹木だった。一本や二本ではない。たくさんの木。地平線まで、果てしなく続くように見える木々。

彼は森を描いていたのだ。

それがわかったとき、僕は泣きたいような笑いたいような、妙な気分になった。あの男ときたら、こんなごみごみした狭苦しい商店街に、森を出現させようとしている。なんたる皮肉。

男は眼の前に四、五個の缶をずらりと並べ、代わる代わる別の刷毛をそのなかに突っ込んでいた。どの色を用いるかで迷うことはいささかもなく、しっかりと握られた刷毛がシャッターの上を往復するたびに、木々は確実に新たな生命を与えられていった。

やがて僕は店を出て、出来上がっていく風景を男の背中越しに眺めた。絵はいっそう奥行きを増し、恐ろしいほど急速に現実味を帯びつつあった。青い部分にところどころあったパラフィン紙のような白。その正体が今さらのようにわかり、僕はわけもなく厳粛《げんしゅく》な気分になった。

それはごく薄い、むら雲だった。

翌朝、僕は銀行の前に立ち止まった。それが古くからの習慣のように。後から来た中年のサラリーマンの足も、今度は止まった。

僕には充分予期できたことだったにもかかわらず、見知らぬ傍らの男性同様、大きく息を呑んでいた。

絵は完全に出来上がっていた。

それは森というよりは、林といった方が正確だろう。いわゆる雑木林と呼ばれる類《たぐい》のものだった。くぬぎ、楢《なら》、樫《かし》、椎《しい》、そのほかの様々な種類の雑多な樹木。そうした木々が、近く遠く、真っ直ぐに、あるいは上の方で絡み合い、まるで何十年も昔からそこに生えていたように、しっかりと存在している。森林というほどに密ではなく、どちらかというとまばらな木立の間には、やや黄色みがかった柔らかな陽光が差し込んでいる……。

まったくそれは、完璧な出来映えだった。

その雑木林は、これ以上ないリアリティと奥行きでもって、突如として商店街に出現したのである。

僕はしばし啞然《あぜん》として、立ちすくんでいた。傍らの男性が、電車の発車時刻を思い出したのか、慌てたように歩き出した。つられて僕も歩き出したものの、振り返って見ずにはいられなかった。まるで魔法のように現れた林は、しかし消えてしまうことなく確かにそこに存在していた。

確かに、魔法には違いなかった。たった二晩のうちに、あれだけの細密画を描き上げてしまったのだから。薄暗い街灯の灯りだけを頼りに、いったいどうやってあれほどに現実感のある色彩を生み出すことが出来たものか……。

とにかく、男の作品は完成した。だからもう、あの男には会うことはないだろうと考えていた。あの黙々と立ち働く背中を見ることは、二度とないに違いない。会社でオンラインのキーボードを叩きながら、ふとそんなことを考えたりもした。

しかし、僕は間違っていた。

その日、僕は月次報告を作り終え、いつもよりもさらに遅い時間に帰宅の途についた。中華料理屋はもちろん、商店街中の店がシャッターを降ろし、通りは静まり返っていた。街灯が作り出す光の輪が、絵画の遠近法そのままに、だんだんと小さくぼやけていた。遠くの光の中を素早く駆け抜けた小さな黒い影、あれはたぶん猫だろう。通りには人っ子一人、見当たらない。そう思っていた。

ところが……。

ほとんど物音とも呼べない、かすかな気配に僕はゆっくりと振り返った。すると当然のようにあの男がいた。男は僕に背を向け、ペンキの缶に刷毛を突っ込んで丁寧にかき回していた。

いつの間に、それもどこから現れたんだろう？　それとも、僕がぼんやりしていて、彼のすぐ傍らを行き過ぎたのに気づかなかったのだろうか？

だがそんな些細《ささい》なことよりも、ひとつの事実を僕は喜んでいた。男は最初に見かけたとき、まったく同じ手順をくり返そうとしていた。すでにツートンの上の部分——空を塗り終え、しゃがみ込んで別な缶のふたを開けているところだった。迷いのない刷毛の動き、流れるようにスムーズな動作も、すべてそのままだった。ただ、彼のいる場所だけが違っていた。

男のキャンバスは、銀行のシャッターからその隣の商店のシャッターへと移動していたのだ。

確かそこは電気屋だった。僕も何度か、三本いくらのビデオテープを買ったことがある。銀行のスペースの三分の一もない、狭苦しい敷地に建っている。男は瞬く間に、その小さな壁面を埋め尽くしてしまうに違いない。そしてその後はどうする……？

相変わらず背中だけしか見せない男の仕事ぶりを見守りながら、僕は子供のようにわくわくと胸を躍らせていた。それはここ数ヶ月間、覚えのない高揚感だった。

そして——。

わかるだろう？　わずか一ヶ月半の後には、商店街の朝は、そして夜は、美しく果てしない雑木林に変わっていた。僕はムサシノ銀座を通り抜けるとき、両側にある樹木の一本一本を、息苦しいほどに意識するようになった。それほどに、林の木々は生き生きと脈打ち、息づいていたのである。

もちろん、たかがシャッターに描かれた絵に過ぎない。それがわずかコンマ数ミリの絵の具の層から出来上がっていることくらい、僕だってちゃんと承知している。触れようとしたところで、指に感じられるのはざらざらした木肌などではなく、単にシャッターの溝から作られるでこぼこに過ぎないのだということも。ちゃんと、わかっているのだ。

だけど、どう説明したものだろう？　その実在感。あのリアルさを。

今までに、ウォール・ペインティングというものを見たことがあるだろうか？　あるいはその写真を？　日本ではあまり見かけないが、海外では、特にアメリカなどではずいぶん好まれているみたいだ。ビルの壁面いっぱいに描かれた、巨大な老婦人。高い塀にリアルに描かれた、どこへ抜けるともしれない長いトンネル。その風景の不思議さを、一言で言うならば、巨大都市に突如として挿入されたコラージュだ。取り立ててどうということもない都市の風景が、いきなり非現実的な幻想世界となってしまう——それだけのパワーを、壁に描かれた一枚の絵が持っているのだ。

それに今はとうにない、ベルリンの壁いっぱいに描かれていた奇妙な落書きはどうだろう？　ほんのわずかな裂け目を虹彩《こうさい》とする、巨大な目玉。小さな穴を、力一杯指し示す矢印。石造りの頑丈そうな階段。羽根の生えた人物が、今まさに、そのステップを上って壁の向こう側へ渡ろうとしている……。

たかが悪戯《いたずら》描きと言ってしまえばそれまでだ。だが、どれほどの想いがそこに込められているのか、それはその都市に住む人間にしかわからないことだろう。

ニューヨークのウォール・ペインティングにしても、どういうつもりでそのビルの所有者が絵を描かせたものか、それはわからない。だが、ベルリンの壁の落書きと共に、僕なりに何か納得してしまうものがあるのだ。

それらの絵は、街に住む人間の願望を示すものではなかったか？　装飾としてや、単なるジョークとしての意味以上に、たとえば渇いた人が水を欲するように、また、絶望した人が夢を見たがるように、それは切ないまでの願いではなかったのか？

そんな気がしてならないのだ。

人間の願望が常に美しいばかりではないことを示すように、街に見られる絵にはときとして耐え難いような醜さもある。しかし、良きにつけ、悪《あ》しきにつけ、願望なしには世界は一歩だって動かないに違いないのだ。ナスカの巨大な地上絵は、そのもっとも突飛な具現の一例ではないか？　そんなふうにも思えてくるのだ。

ともあれ、商店街の朝と夜とは、それまでと様子が一変してしまった。そして昼間との落差が、今までとは違った意味でますます大きくなった。まったく、同じ場所だとは信じがたいほど、その隔たりは大きかったのだ。

眼に見える変化は他にもあった。シャッターの降りた商店街を、ただ通り抜ける人たち（多くは僕のような勤め人だ）の歩調である。以前は足早に通り過ぎるだけだったのが、心持ちゆっくりと歩くようになっていた。まるで林の中を散策でもしているような足取りの人も、ごく稀《まれ》には見つかるようになった。僕自身、電車に一本遅れたところで、どうということはないのだと思えるようになっていた。

奇妙な出来事が起こり始めたのは、絵が完成して間もなくのことだった。とは言え、ひとつひとつはごくつまらない、些細なことばかりなのだが。

たとえばよく晴れた朝。商店街で、一人の老婦人が掃き掃除をしている光景に出合った。その時刻には珍しい姿だった。彼女は何事かぶつぶつとつぶやきながら、せっせとほうきを動かしていた。老婦人のすぐそばまで近づいたとき、ようやく彼女の言葉の断片が聞き取れた。

「困ったもんだよ、こんなにねえ……」

そう言いながら、しかしたいして困った様子ではなかった。

「焼き芋でも作ろうかね」

ほうきで掃き寄せたものを見おろしながら、彼女はどこか楽しげにつぶやいた。その言葉からようやく思い出したのだが、あの八百屋兼焼き芋屋のおばあさんだった。チョウチン鮟《あん》鱇《こう》よろしく、店の奥でじっと座ったまま微動だにしない姿が印象にあったものだから、生きて動いている彼女を眼にするのは、なんだかひどく奇異な感じだった。

なんだ、奇妙なことっていうのは、そんなつまらないことかって？　もちろん、そうじゃない。僕が奇妙に思ったのは、老婦人がほうきで掃き集めていたもの。やがて焼き芋の燃料となるべき運命を背負ったもののことだった。

それはひとかたまりの、赤や黄に紅葉した落ち葉だった。

それのどこが奇妙だって？　そう、秋の町中じゃ、どこでだって見かける光景だ。別に珍しくもなんともない。だが……。

ひとつの事実があった。その狭苦しい商店街には、街路樹なんて洒落《しゃれ》た代物は一本だって生えていやしないのだ。

別な話もある。

これは土曜日の商店街で耳にしたのだが、クリーニング屋の店番をしている若い女性が、客らしいやはり若い女性と交わしていた会話である。

「最近ねえ、変な匂いがするんですよ」

「変な？」

「なんかね、臭いんです、夜とか。ほら、ぎんなんってキョーレツな匂いするでしょ？　あいう感じ」

それに答えて客の女性が何か言ったらしく、はじけるような二人の笑いが通りに響いた。

そう、確かに女性同士の他愛ない会話だ。なんの変哲もない……。

しかし、九官鳥がある日突然、妙な鳴き方をするようになったことを、どう説明したものだろう？　あの黒くてつやつやした愛玩《あいがん》用の鳥は、オハヨウだのコンニチハだの、その他二、三の真似覚えた言葉の合間に、奇妙な音声を差し挟むようになったのだ。

それは出来の悪い鈴を振るような、あるいはガラスの破片同士がぶつかってたてるような、そんな音である。あまり音楽的とは言い難い鳴き声なのだが……。どうしたわけだろう？　僕にはそれが、鈴虫だのこおろぎだの松虫だの……。そうした秋の虫たちの声の、ごく下手くそなコピーに聞こえて仕方がないのだ。

もちろん、あの鳥がいったい何のつもりで真似ているにせよ、少なくとも虫の音などでないことは、はっきりしているのだ。コンクリートとアスファルトとで覆われた商店街には、虫の住処《すみか》となるような藪《やぶ》どころか、草一本だってありはしないのだから。

また、こんな話はどうだろう？

あるとき例の中華料理屋に入ると、珍しく満席だった。相席ならと言われて承知すると、店主はあの窓側の席を指さした。先客の中年の男性に声をかけつつ腰を下ろすと、相手は半分に折った新聞の向こうから、うなるような返事を返して寄越した。

僕はなんとなく、銀行のシャッターを眺めていた。汚れたガラス窓に、相席の男が映っている。男はなぜか新聞越しに、ちらちらとこちらを見ていた。僕が男のほうを見ると、相手は慌てたように新聞に見入るふうを装った。

おかしな人だと思ったが、しばらくして彼は、まるで記事の見出しを読み上げるような一本調子で切り出したのである。

「この辺りに、栗の木なんてありますかね」

「栗、ですか」

問い返すと、男は突然もじもじし、

「いや、つまらない話なんですがね……」

そう前置きし、彼は話し始めた。

数日前のことだという。したたかに泥酔していた男は真夜中に帰宅し、おかんむりの細君を後目《しりめ》に深い眠りについた。翌日は幸いなことに休日だったので、彼は昼過ぎに眼を覚ました。待ちかねたように細君が「これ何よ」と詰め寄るのを見ると、自分のカバンのなかに思いも寄らないものが、ぎっしりと詰まっていた。

「それがね、栗なんですよ。それもイガがついたまんまの奴ですよ」

当惑したように彼は言う。そう言えば、両手がちくちくするような気もしたが、何も覚えていない、ともつけ加えた。

「女房がね、どこか近所のを盗んできたんだろうってね、えらい剣幕で、謝ってこいって言うんだが……」

謝ろうにも、その辺りで栗の木を持っている家など、一軒もなかったのだ。

「それで、その栗はどうしたんですか?」

好奇心から尋ねると、男はにやりと笑って言った。

「食っちまいましたよ。甘くてね、実にうまかった」

僕自身の話もある。これはその次に起こった出来事の、あるいは前触れだったのだろうか。

深夜、僕は帰宅を急いでいた。体は泥人形のようにくたくたに疲れ、ただただ早くシャワーを浴びて眠りたかった。商店街の頼りない街灯が、通りをずっと遠くまで照らしていた。なかにひとつ、蛍光灯が切れかかっているのがあった。ぱっと明るくついたかと思うと、次の瞬間にはぐずぐずと点滅し、ふっと暗くなる。そしてまたぱっと明るく灯《とも》る。それをくり返していた。

ちょうどその街灯にさしかかったとき、ふっと明かりが消えた。そのとたん、ぱらぱらと小石のようなものが降ってきたのだ。

僕は「あっ」と叫んで頭に手をやったが、実際にはそれほど痛かったわけではない。ただ、不意をつかれて仰天したのだ。その驚きもさめないうちにざあっと風の音がして、同時にまた何かが降ってきた。そのとき明かりがぱっと灯り、とっさに眼の前を落下しつつあったものをひっ摑《つか》んでいた。

小さく堅いそれは、やはり小石のようだった。だがずっとすべすべしていて丸く、一部分がとがっていた。

それをアパートの僕の部屋でとっくりと眺めて、なんとも言えない気分になった。

小石の正体は、どんぐりだった。つやつやとした茶褐色で、そのぷっくりとした尻には、まだ袴《はかま》をつけたままだった。

翌朝、心当たりの場所で眼を皿のようにして眺め渡したのだが、もちろんどんぐりなんかひとつも落ちてはいなかった。

僕が何を言おうとしているか、おわかりだろうか？　こうした、些細なことをいちいち並べ立てるのも、僕自身が出合ったことを本当に理解して欲しいからなのだ。にやにや笑ったり、肩をすくめたりして欲しくないからだ。

あの夜。僕は終電で帰ってきた。商店街は完全に無人で、そしてコトリとも音がしなかった。

常と変わらない、商店街の夜だった。にもかかわらず、何かが違っていた。頬に当たる風の匂い、空気の色、静まり返った世界……。

そうして商店街のなかほどへ来たとき、僕は突然、自分がまったく別の場所にいることに気づいたのである。

後から思えば我ながら不思議なのだが、そのときにはそれが異常なことだという感じはしなかった。むしろどこか予期していたような、あるいは待ち望んでいたことが始まったような、そんな気がしていた。

もったいぶるのはよそう。

いつの間にか僕は真夜中の雑木林の真ん中に、一人ぼんやりとたたずんでいたのである。腐葉土《ふようど》に落ち葉が厚く積もった小道を歩くのは、心地よかった。一足ごとに柔らかくわずかに体が沈み込み、カサカサという感触が靴を通して伝わり、とても心地よかった。

風が吹く。ぱらぱらと、雨のような音がするのは、あれはどんぐりや椎の実が落ちた音だろう。もう少し大きく、重たげな音が時折混じるのは、あれは栗か、胡桃《くるみ》か……。

月の光が半ば落葉した木々の梢《こずえ》を照らし出す。かすかな風に細い枝は揺れ、月光に黒いシルエットの葉はふるえ……。

虫が鳴いている。

腐葉土の匂い。枯れ葉の匂い。樹液の滴る木肌の匂い。風に乗って香るのは、僕が以前確かにかいだことのある匂い……。

僕は小道に沿って歩いていた。その行く手にあるものを、とうから承知しているように。確かに僕にはそのとき、ある予感があった。

やがて小道の行き止まりの小広い空間に出た。そこに、あの樹があった。一本の、巨大な銀杏《いちょう》の樹。

大人が五人がかりでようやくその幹を囲めようかという、奇跡のように古い樹木だった。大量の葉を茂らせた太い枝。優雅なカーヴを描いた、扇形の葉。そのすべてが、見事な金色に色づいていた。

月の光を全身に浴びて、その古い樹はさながら黄金の柱のように、しっかりと大地に根ざしていた。

金色、銀色、琥珀《こはく》にトパーズ……。

雲が夜空を滑り、ひととき月が姿を隠す。数瞬後にはいっそうの明るさで、高貴な色に満たされた世界のすべてを照らし出す。林を、大地を、黄金の樹を、そして僕自身を。

僕はそっと偉大な樹木に近づき、その木肌に触れてみた。堅いごつごつした感触は、その樹が見てきた年月の長さを僕に教えてくれた。

ひゅうと風が鳴った。ざわりざわりと林の木々が蠢《うごめ》く。黄色い銀杏の葉が、黄金の雨となって降り注いだ。それを全身に受けながら、長いこと僕はそこに立ちつくしていた。

それからどうしたって？

そう尋ねられると、僕も返答に困ってしまうのだ。気がつくと、僕は見慣れた商店街の真ん中に、ぼんやりと立っていた。そしてふたたび歩き始め、いつもと同じ道を通ってアパートに帰った。ただそれだけなのだ。もし、あの夜のことを、それだけ、などという一言で済ませてしまって良いものならば。

僕はあの夜に見た光景がそっくりそのまま、かつて存在していたことを疑わない。梢の一本、木の葉の一枚にいたるまで。そして月はあの夜と同様、雑木林の梢を照らしていたはずだ。

すべてはとうの昔に消滅してしまった。くぬぎも楢も樫も椎も、栗も胡桃も、そしてもちろんあの大銀杏も。すべてが、枯れ葉一枚残さずにきれいさっぱり消え失《う》せてしまった。どうしてなのか、考えてみるまでもない。僕らは今、街に住んでいる。快適で便利なその街を造るためには、木々は単なる邪魔者でしかない。あの奇跡のような老木ですら、いつの時代にか切り倒されてしまったのだ。人にそんな冒瀆《ぼうとく》がなし得るなどとは、にわかには信じられないことだけれど。

だが結局、人間はもっとひどいこともしてきているのだ。何かを手に入れるために、どれだけのものを支払ってきたのか。考えると、空恐ろしくなってくる。

それにしてもいったい、と疑問に思うかもしれないね。僕だって知りたい。

あの男は、何者だったのだろう?

大仰《おおぎょう》に肩をすくめられたり、にやにや笑われたり、そんな反応が返ってくるかもしれないと思いながらも、それでも僕が人にこの話をせずにいられないのには訳がある。ごくごく稀に、次のような返答が返ってくるからだ。

「俺にも似たような経験があるよ」

学生時代の友人はそう言った。

彼の家は千葉にある。新興住宅地で、彼の言によると「冗談みたいにまるで同じ二階建の家がずらっと並んで」いるそうだ。駅までは車で通う。酒が入っているときには、車を駅の駐車場に置いて歩いて帰る。歩いて歩けない距離ではない。途中、大規模な工事現場を通り抜ける。

絵が描かれたのは、その金属塀の外側だった。工事は道の両側でなされていたから、その狭い空間を挟むようにして、高い塀が立っていたことになる。そしてそこは、確かに選ばれた場所だったのだ。

残念なことに、その塀に絵が描かれた現場を彼は見ていない。ある日、友人が通りかかると、すでに絵は完成してそこにあった。

正体不明の画家が選んだモチーフは、海底だった。

インディゴブルーの海水が、水面に近づくにつれ、徐々に明るいコバルトブルーに変わっていく。その鮮やかなグラデーションのなかに、藻や海草や、海の魚たちが自由自在に泳ぎ回っている……。

深夜、その場所で何が起きたか、とうとう彼は口にしようとしなかった。しかし僕には想像できるのだ。

さぞ、幻想的な光景であったろう。海水が煙のように揺らぎ、細かな砂粒がガラスの粉のように輝く。月の光が、巨大なクラゲのようにぽっかりと水面に浮かぶ。おびただしい数の魚が群をなし、冷たい銀色の光を放ちながら悠々と回遊している……。

ほんの十数年前。人間が大量の土砂で埋め立ててしまう前までは、その地は浅い海の底にあった——つまりはそういうことだ。

その話を聞いたとき、すぐにも問題の絵を見に飛び出そうとしかけた僕を、友人はごく無造作に押しとどめて言った。

「行っても無駄だよ。もうとっくに工事は終わって、今じゃ、蜂の巣箱みたいなマンションが建ってるぜ」

その後、ムサシノ銀座では特に変わったことは起きていない。僕の方はと言えば、相変わらず仕事の量は多いが、以前よりもずっとゆとりがあるようだ。たぶん、僕がやっと仕事に慣れてきたのか、要領が良くなったのか、あるいはその両方かもしれない。

休日にはよく、ちょっとした旅行に出かけるようになった。電車に乗り、気が向いた駅でふらりと降りる。ひょっとして、あの偉大な芸術家の作品が見つかるかもしれないと、少しばかり期待しながら。あるいはそれに関する噂だとかね。

そうそう、ついこの間、耳寄りな情報を仕入れた。少し遠いけれど、何とか次の休みには訪ねてみようと思っている。そのことを考えると、子供みたいにわくわくしてしまう。なぜって今度のはすごいんだ。歩行者用トンネルの内壁いっぱいに描かれた、空の絵だそうだから。

わかるだろう？　そこでなら……。

もしそれが真実あの男の作品だったなら、きっと満天の星空を仰ぎ見ることが出来るに違いないと思うから。

本当に不思議なことは、日常のすぐ隣で起きる——そう思わないかい？

# オレンジの半分

——半分に切ったオレンジに、一番よく似ているものはなあんだ？

## *1*

子供の頃に見た、何かの雑誌にそんな他愛ないなぞなぞが載っていた。プラスチックのまな板の上で、何かを真っ二つに切るという作業をしていると、ふと思い出したりする。別にオレンジじゃなくてもいい。グレープフルーツでもキウイでもスイカでも。果物の甘い汁がこぼれ、さわやかな芳香があたりにただよい、色鮮やかな切り口はしっとりと濡れて輝き、非のうちどころのない完璧なシンメトリーがふいにそこに現れる。

それとはまったく別な状況で、例のなぞなぞを思い出すこともある。自分の子供の頃のアルバムを見たときだ。表紙に私の名が入れられているにもかかわらず、一人で写っている写真は、数えるほどしかない。その数少ないポートレートですら、本当にそこに写っているのはおまえなのかと尋ねられて、そうだと言い切る自信は私にはない。殊にそれが赤ん坊の頃の写真であった場合などにはなおさらだ。

ここに写っているのは本当に私、真奈《まな》なのか。ひょっとして別な人間ではないと、いったい誰に断言できる？

そういう意味では、うちの両親ですら怪しい。子供の頃、少なくとも一度ずつ、彼らから別な名前で呼ばれたことがあった。

——加奈《かな》。

彼らは私をそう呼んだ。言葉尻に小さな疑問符をくっつけたような、少々自信なさげな口調で。だからというわけでもないのだが、私はその時そのまま加奈という名を受け入れた。シーンが変わるまでの小一時間ほど、私の名前は加奈だった。別にそれで何の不都合も生じなかったし、誰からもとがめられるようなことはなかった。父からも、母からも、そして加奈ちゃん本人からも。

加奈ちゃんにだって、きっと同じようなことが一度や二度はあったのだろう。

加奈ちゃんと私は一卵性の双子だ。たった一つの卵が分裂して、終《しま》いに人間二人分の体ができあがるなんていうのは、考えてみればとんでもなく奇妙なことだ。生物の授業で習った、アメーバの分裂をちょっと思い出す。

アルバムの中でも、現実生活の中でも、私の隣にはいつもこの双子の姉がいた。お揃《そろ》いの服を着て、同じ髪型をして、同じ型から抜いた粘土人形みたいに同じ顔をして。

完璧なシンメトリーというものは、どうしてか不安だ。生きて動く鏡が眼の前にあるということは——いつだって加奈ちゃんがとてもきれいだと思える以上、ある意味では幸せなことなのかもしれないけれど。

だけど一卵性双生児なんて本当のところ、はたで考えるほどにロマンティックでもなければ、物語のようにドラマティックでもない。ただ、オレンジの半分ともう半分。つまりはその程度の存在なのだ。

## 2

待ちぼうけをくうのは好きじゃない。もちろん、好きな人なんかまずいやしないだろうけど。きっかり三十分待ってから、私は待ち合わせ場所を後にした。ちっぽけなプライドがずいたし、ずいぶん腹立たしくもあったけど、ほんの少しだけほっとしていたことも事実だった。正直な話、男の子と話をするのは苦手だったし、それが初対面の人ともなればなおさらだ。

だけど、そのまま家に帰るのも馬鹿馬鹿しかったから、行きがけに眼についたドーナッツ屋に一人で入った。窓際の席に陣取りながら、どうしてこういうことになっちゃったんだろうと考えた。

そもそもは、ある日突然、姉からこう言われたことに端を発している。

「ねえ、真奈ちゃん。男の子、紹介したげようか？」

高校生にもなって、彼氏の一人もいない私を心配してくれての発言だということはよくわかっていたが、だからといってたいして嬉しくもなかった。しかも後に続いたセリフも良くなかった。

「その人ね、ホントは私のこと好きだったんだけど、カレがいるの知ってから諦《あきら》めてたらしくってさ。で、この間ね、私に双子の妹がいるって言ったら、すっごい興味持っちゃって、ぜひ会わせてくれってうるさいの」

これにはさすがにひっかかるものを感じてしまった。どうも彼氏持ちの女というものは、そうでない同性に対して優越感混じりの同情心を抱きやすいらしい。私だって通っているのが女子校なんかでさえなければ、今頃は加奈ちゃんみたいに彼氏の一人や二人、ボーイフレンドの五人や六人はできていたはずだと、少々げんなりしながら思う。とにもかくにも素材はおんなじなのだし、中身だって加奈ちゃんに比べてそう悪いってわけでもないのだから。

ともあれそのときの気分は、

〈けっこう毛だらけ猫灰だらけ、おおきにお世話さま！〉

といったところだった。実際、そう叫ぼうと口を開きかけたとき、絶妙のタイミングで眼の前にすっと一枚のスナップ写真が差し出された。

「こういう人なんだけど、どうかしら？」

その瞬間、可愛らしくも多感な私の胸は、きゅん、と高鳴ってしまったのである。

3

人によっては私のことを、〈メンクイ〉と呼ぶ。自分ではそんなつもりはまるきりなくて、「やっぱり男はカオじゃないわ、中身よ」なんて言い言いしているのだが、「じゃあどんなタイプが好みなの？」と聞かれて思いつくままに幾人かの芸能人の名を挙げると、とたんに説得力もなにもなくなるらしい。

だけど実際写真の彼――松木さんは、はっきり言ってカッコ良かった。そして私自身、男の子と付き合ったりすることに、まるきり興味がないわけでももちろんない。加奈ちゃんが電話で彼氏の中山君と嬉しそうに話しているのを聞いたりすると、ああいうのも悪くないなと思ったりもする。

もし私に松木さんみたいなカレがいたら、とちょっとだけ想像してみた。定期入れかなにかに密《ひそ》かに写真を入れたりなんかしちゃって、休み時間にぱたっ、とかわざとらしく床に落としたりなんかしちゃって、もちろん友達連中はその手のことには異様に目敏《めざと》いから、あー、見たわよ見たわよ、なによ隠すことないじゃん見せなさいよーってなことになって、やんやん別に彼氏とかじゃないの、ただの友達なんだからとかなんとか必死で嘘っぽい言い訳をして、なんだかんだ言って結局しぶしぶ、ちょっとだけよ、すぐ返してね、きゃあ恥ずかしい……とまあそういうような、第三者には世紀末的にアホらしいに違いないけれども当人にはこの上なく嬉しかつ恥ずかしルンルン光景が、回転木馬のようにぐるぐると頭の中を駆けめぐってしまったのである。

たぶんこういうのをタナボタと言うのだろうし、ちゃちなプライドなんてものは人生の重大な岐路においてはしばしば邪魔になるみたいだし、この際人生経験上から言っても未知の人種と会ったりお話をしたりするのは決して無駄とはならないだろう……。

というようなことをあれこれと考えたあげく、私は姉に承諾の意を伝えたのである。話はこちらが思う以上に迅速に進み、姉の「頑張ってね！」という声援に見送られて、いざ初デートに出陣という運びになったのは、一週間後のことだった。

深々と深呼吸をし、せーので玄関のドアを開けるなり、ショコラがけたたましく吠え始めた。私たちがほんの子供の頃から飼っていて、ほとんど家族の一員と化している老犬である。本来はもっと渋い、純和風の名前だったのだが、いつからか〈ショコラ〉なんていう滅多やたらとお洒落《しやれ》な愛称で呼ばれるようになった。加奈ちゃんはふざけて「ホーリーネームよん」なんて言っている。怪しげな宗教団体じゃあるまいし。ともあれこの図体《ずうたい》ばかりが大きな老犬は、今では一日中、日溜《ひだ》まりで幸福そうに眠ってばかりいる。そのいささかくたびれた毛皮の中に詰まっているのは、おそらくはかつて元気一杯に走り回った日々の思い出と、私たち家族への溢《あふ》れるような忠誠心だ。

まったくショコラの私たちへの熱愛ぶりときたら、いくら年をとってもとどまることを知らない。家族の誰かが玄関に現れるなり、それがいついかなる時であってもすぐさま犬小屋から飛び出してきて、ちぎれんばかりに尻尾《しっぽ》をふり、ウオウ、ウオウと嬉しげに吠え立てる。ぽんぽんと背中を叩いてやったり、ふさふさとした首筋の毛並みを撫《な》でてやったりするだけで、感激の極みという顔をする——嘘ではない。どんな動物だって、十年以上も飼っていれば、その表情はなんとなく読み取れるようになってしまうのだ。まして相手は愛情の固まりみたいな犬っころなのだから。

彼が全身で喜びを表現する様子を見ていると、言葉なんてつまんないもんだなと思ったりするし、ふと不安を覚えたりもする。いったいこの先、これほどの愛情を傾けてくれる人が、果して私の前に現れるのかしら、と。

将来に関するそんな不安感はさておき、ショコラについて言えば、ただ一つだけ、困ったことがあった。例の〈熱烈歓迎〉が、〈いついかなるときでも〉行われる、という点である。

これは余談になるが、うちの親は娘に対する躾《しつけ》がかなり厳しい。一般の家庭では既に死語と化してしまったらしい〈門限〉という言葉は、我が家においてはいたって健在だ。ところがそこは現代の若い女の子、親の決めた時間を百パーセント厳守できるかと言えば、これはどうにも難しいものがある。そしてこれもまた余談となるが、うちの両親は床につくのが早い。だから闇に紛れてドロボーよりも静かに家の中に侵入し、翌朝にはそらっとぼけて帰宅時間を一時間ほどサバ読んでしまう、というアリバイ工作も、理論上は可能なはずだった。

しかし何事にも誤算というものはある。私の巧妙にして完璧なはずのアリバイトリックを、見事ぶち壊しにしてくれたのは、愛すべき老犬ショコラ君だった。

我が家の五メートルばかり手前にさしかかったとき、閑静な住宅街に、ジャラジャラジャラ……という異様な物音が響きわたった。ディケンズの小説に出てくる、幽霊の登場シーンそこのけの騒ぎである。次いで熱烈歓迎の意を伝えるべく、盛大に吠え立てるショコラの声が、隣近所一帯にこだましたのである……。

思わず頭を抱えたものだが、時すでに遅し、だ。家にたどり着いた私を出迎えたのは、鎖を引きずったままちぎれんばかりに尾を振る忠犬と、腕組みをしつつ玄関先に仁王立ちになった父上様だった。

加奈ちゃんは私なんかよりもよほど、酷《ひど》い目にあっている。姉妹で困ったもんだと言い合っているものの、相手がショコラじゃしょうがないねと首をすくめる外はない。

ともあれ今回は真っ昼間だから、そういう意味ではなんの心配もない。おろしたてのワンピースを汚されないように気をつけつつ、ふさふさした背中を撫でてやっていると、ふいにショコラの吠え声が変わった。私たち家族に向ける親愛の声から、外敵に向ける警戒の唸《うな》り声になったのだ。

そっと振り返ると、門柱の脇に中山君が立っていた。加奈ちゃんの彼氏である。

挨拶をすると相手も「こんにちは」と応えはしたが、なんとなく気まずそうな表情だった。

「こんなところでなにやってんの？　加奈ちゃんでしょ。今、呼ぶわね」

そう言うと、中山君は「ああ」と「いや」の中間みたいなどっちつかずのあいづちを打つ。面倒になって、直接二階の窓に向かって叫んだ。

「加奈ちゃーん、ちょっと」

すぐさま二階の窓が開き、そこから加奈ちゃんの顔が突き出された。中山君を見て、いつものとろけそうな可愛い笑顔を浮かべるかと思いきや、なぜか今回の反応は違っていた。思い切り〈イーダ〉の形に顔をゆがめ、それからぴしゃりとばかり窓を閉めてしまったのである。

私は呆気《あっけ》に取られて閉まった窓を眺め、中山君を眺め、それからそっと尋ねた。

「なあに、喧嘩《けんか》でもしたの?」

どうやら彼の表情を見る限りでは、返事を聞くまでもなさそうだった。

## 4

私は決して縁起を担ぐたちではないが、それにしても初デートを前にして見るには、どうも幸先《さいさき》のいいシーンとは言えそうもない。じゃあねと中山君に声をかけておき、そそくさとその場を後にした。しばらくの間、ショコラの見送りの声が聞こえていた。

私は移動の時間を多めに見積もる方なので、待ち合わせの場所には十分も早くついてしまった。あまり早くから待っているのも気恥ずかしいので、なんとなくそのへんをぶらぶらと歩いてみたりする。

考えてみれば、人を待つという行為はとても不思議だ。地球上のあっちとこっちに散らばっている二人が、一つの約束だけを頼りにだんだんと近づいていく。誰かを待っているというのは、少し楽しくて、たくさん不安だ。ひょっとして私と松木さんとが意気投合したりして、また来週も会いましょうということになって、そうやってデートを重ねていくことにでもなれば、楽しさと不安の比率は、少しずつ変化していくのだろうか。

それにしてもまるで知らない人を待つというのは、とてつもなく心細いものだ。いったいどんな人なのだろう？　声は高いだろうか、低いだろうか。スポーツマンだろうか、それとも部屋で読書したりする方が好きなタイプだろうか。どんな部屋に住み、どんな音楽を聴き、どんなことを考えて暮らしているのだろう？　未知の人物に関する〈どんな〉は、汲《く》めども汲めども尽きない泉だ。

そんなことをぼんやりと考えていて、待ち合わせ時刻を十分ほど過ぎるまで、自分が待たされているという事実に気づかなかった。腕時計を見る気になったのは、近くで同じように所在なげにしていた女の子が、やってきた連れの男の子に、

「遅ーい。十分の遅刻だぞ」

と抗議したからだ。不貞腐《ふてくさ》れたような、だけど甘えたような声をして。

私の時計の文字盤は、約束の時刻をとうに回っていることを告げていた。

それからの時間はいささか苦痛だった。同じように待ち合わせをしている周囲の人達の顔ぶれは、だんだん入れ替わって行く。その中でぽつんと一人たたずみ続けていることが、無性に恥ずかしかった。別に誰が見ているというわけでもないのだけれど。

待つと決めた三十分が過ぎたとき、むしろ私はほっとした。どう考えたって、これ以上待ってやる義理はないだろう。十五分だって長すぎるぐらいだ。自分から望んだデートで女の子を三十分も待たせ——あるいはすっぽかすような男なんて、ろくな奴じゃない。つきあった後でそれがわかったんじゃなくって、本当に良かった。イソップのすっぱいブドウじゃないけれど。

誰だって、待ちぼうけをくうのは好きじゃないのだ。

一人で入ったドーナッツ屋で、腹立ちまぎれにドーナッツを三つも頼んでしまった。食べながら、好物のはずのドーナッツが胸につかえて困った。

通りに面した窓から、繁華街をそぞろ歩く人達の姿が見える。気のせいか、それとも本当に多いのか、やたらとカップルばかりが眼についた。皆さん仲がよろしくて結構ねえなんて、ついついひがんだことを考えてしまう。性格が悪くなりそうだ。

通りの向こう側を、また一組のカップルが通りすぎようとしていた。最初見たとき「あれ？」と思い、続いて「おや？」と思った。

最初の「あれ？」はカップルのうち、男性を見ての感想である。あれ？ どこかで見たことがあるような……。例えばごく最近、スナップ写真かなにかで……。続く「おや？」は、女性の方に向けられたものだ。改めて見た時にはもう通りすぎていたし、遠目だったから決して断言できるわけではない。が、全体の服装のカジュアルな雰囲気や、とりわけちょいとななめに被《かぶ》ったキャップに見覚えがあった。

配色といい、形といい、加奈ちゃん愛用の帽子にとてもよく似ているのだ。

突然、なんの脈絡もなく、あのなぞなぞとその答えが頭に浮かんだ。

問い——半分に切ったオレンジに、一番よく似ているものはなあんだ？

答え——残り半分のオレンジ。

笑っちゃうくらい、私たちの容姿はよく似ている。半分に切ったオレンジと、残り半分のオレンジみたいに。短い時間なら、入れ替わっても誰も気づかないくらいにそっくりだ。だけどそれは子供の頃の話で、高校生になった今では私たちのことを間違える人は滅多にいない。性格も髪型も、服装の好みも全然違う。女子校に行っている私は、どちらかと言えば今着ているワンピースみたいな、女の子女の子した服が好き。一方共学校に通う加奈ちゃんは、カジュアルな恰好《かっこう》が好み。もちろん学校が別だから、制服だって違う。

だけどもし、そういう外面的な部分をいっさい取り外して考えるとどうだろう？　互いの服を交換したり、同じ恰好をしてみたり、髪型をちょっといじってみたり、あるいはそんなことをまるきりしなくても——私たちとさほど親しくない人なら、容易に騙《だま》せるのではないかしら。

ましてや私と一度も会ったことのない人なら、なおさら簡単に。

人はごくわずかな時間で、実に様々なことを考えることができるものだ。ほとんど一瞬の間に、〈もしや〉という思いと、〈まさか〉という思いとが複雑に交錯した。そしてはっと気づいたときには、二人の姿は雑踏の中に溶けるように吸い込まれて行った。

## 5

常識的に考えて、〈まさか〉の方が正しい認識には違いなかった。ドーナッツの最後の一つを皿に残したまま、それでも私は飛ぶように家に帰った。きっと加奈ちゃんは家にいるに違いない。そしてにやにや笑いながら、

「早いじゃん、どうだった？」

なんて聞いてくるのだ。

家に帰り着いてみると、呆れたことにまだ中山君がいた。門柱にもたれて座り込み、我が家の老犬の背中をゆっくりと撫でていた。ショコラの警戒心を解いたらしいことは褒めるべきかもしれなかったが、それにしてもなんてまあヒマ人なんだろうと思う。

(こっちはその間に、ドーナッツ二コと待ちぼうけを喰ってきたわよ、ふん)

つい心の中で、毒舌めいたことをつぶやいてしまう。

「やあ、早かったね」そう言ってから、中山君は私の内心を見透かしたみたいに付け加えた。

「まだいたのかって思ってるだろ」

私はそっと肩をすくめた。

「加奈ちゃんは？　全然出てこない？」

「まあね。時々ピアノ弾いたりするのが聞こえてきたけど」

加奈ちゃんはピアノが上手だ。実は幼い頃私も、一緒にピアノ教室に通わされたのだけど、途中でお習字の方がいいと言い張って辞めてしまった。だから加奈ちゃんは我が家で唯一のピアニストだ。中山君もそんなことはとっくに承知しているのだろう。

ショコラがまるで十年ぶりの再会みたいな勢いで、私に飛びついてきて吠え立てた。よしよしと背中を撫でてやってると、二階の窓から、加奈ちゃんの奏でるショパンのノクターンが聞こえてきた。

「あの、さ。変なことを聞くようだけど」私はちょっと口ごもりながら尋ねた。「加奈ちゃんと喧嘩したの、どうして？」

「あいつのヤキモチだよ」さっきの私の動作を真似るみたいに、中山君はひょいと肩をすくめた。

「僕が他の女の子にちょっかいを出そうとしてるんじゃないかって思ったらしいな」

「それはただの思い込みだったの？　本当はそんなこと、全然なかった？」

「いや」中山君は少々ばつが悪そうな顔をした。「ほんと言うと、ちょっとだけぐらついてた。だけど加奈にそっぽ向かれてよくわかったよ。他の子じゃ駄目なんだ、加奈でなきゃ。

だからここで待ってる」

「他の子じゃ……」私は低くつぶやいた。それから口を突いて飛び出したのは、自分でも思いがけない言葉だった。「例えば……例えばの話よ。それは私でも駄目ってこと？」

「そりゃそうさ」

中山君はひどく驚いたらしかった。

「いくら双子でも、違う人間なんだから」

なぜか私はにっこりと微笑んでいた。

「そうよね」

「そうだよ」

相手は真面目くさってうなずく。どうして加奈ちゃんが彼のことを好きになったのか、どんなところが好きになったのか、なんとなくわかった気がした。少しだけ、加奈ちゃんのことが羨《うらや》ましかった。

「あのね、最後にもう一つだけ教えて。中山君、ずっとここにいたのよね。私が出かけてた間中ずっと。その間、加奈ちゃんは一度も外へ出なかった？」

「出てきてたら、こんなとこに張りついたりしてないよ、カッコ悪いもんな。ここんちってさ、出入り口はこの玄関だけだろ？　見逃しっこないし、それに……」ふと思いついたように、中山君は下を見た。その視線の先には、私に背中を撫でられて嬉しそうに尻尾をぱたぱたさせているショコラがいた。

「君が出ていった後、この犬だって一度も吠えなかったぜ」

なるほど、と私はうなずいた。刑事ドラマ風に言えば、これで加奈ちゃんのアリバイは立証されたわけだ。加奈ちゃんはずっと家にいて、時々ピアノを弾いたりして過ごしていた。証人は目下加奈ちゃんと喧嘩中の中山君と、この上なく忠実な犬のショコラ。

従って、もしや私の代わりに加奈ちゃんが松木さんとデートしたのでは？　という密かな疑惑は自動的に消滅ということになる。いったい私が目撃した人達はなんだったのだという疑問は残るものの、見間違い、勘違い、他人の空似なんていうのはよくあることだ。第一、そんなことをして加奈ちゃんにいったいなんのメリットがある？　中山君にとことん愛想が尽きて、松木さんに乗り換えようというのでもない限り……。

そこまで考えて、また少しだけ不安になった。

玄関のドアを開けるとそこに加奈ちゃんがいて、にやにや笑いながらこう言った。

「早いじゃん、どうだった？」

## 6

だが――。

その電話があったのは、お風呂から上がったばかりのときだった。

「真奈ちゃん電話よ。松木さんって方から……男の人」

言わずもがなのお終いの一言が、電話を取り次いでくれた母親の内心を雄弁に物語ってい た。その時私の顔に、よほど険しい表情が浮かんだのか、彼女は送話器を手で押さえながら 心配そうにこう付け加えた。

「……なんだったら、いないって言ってあげましょうか？」

やっだー、お母さんてば気の回しすぎよ、などと言いながら受話器を受けとった。

「あ、真奈ちゃん？」

開口一番、やけにはずんだ声が聞こえてきた。へえ、松木さんってこんな声だったんだ。

「そうですが……」

私の返事は少し低い声になる。すっぽかしたことを謝るんだったら、もう少し謝罪にふさ わしい口調で言って欲しいなと思う。相手の声はブランコに乗った子供みたいにうきうきと はずんでいた。

「今日はどうもありがとう。お蔭で楽しかったよ」

「……そうですか？」

私の語尾は怪しむような尻上がりになった。人をすっぽかしておいて、なにを言うのだ、 この男は。私の戸惑いには少しも気づかず、やや興奮したような口調で彼は続けた。

「君さ、今日さ、僕が君のお姉さんの方を好きなんじゃないかって言ったけど、それは誤解 だからね。双子ならどっちでもいいってわけじゃないし、僕が会いたかったのは君なんだから……僕ってさ、ちょっと運命論者的なとこがあるんだ、特に女性に関してはね。いや、ほんとの話、君に会えて良かったよ」

「……そう、ですか？」

それだけのあいづちを打つのに、ひどく喉《のど》がつかえた。飲み込むのに苦労した、昼間のドーナッツを食べた時のように。

——ボクガアイタカッタノハキミナンダ……。

だけどあなたが会ったのは、私じゃないのよ。それは他の誰でもなく、私自身がよく知っている。それなら、今日松木さんが本当に会ったのは誰？　私はドーナッツ屋から見かけた後ろ姿を再び思い起こした。あれは誰だった？　一人は私が会うはずだった松木さんで、もう一人は……。

やっぱり、という思いが先に立った。やっぱり加奈ちゃんだ。他に誰がいる？　私じゃないことは確かで、だから答えは二引く一のように簡単だ。加奈ちゃんだ。私の双子の片割れ。もう半分のオレンジ。

「……それでさ」電話の相手はひどく嬉しそうに言った。「また会って欲しいんだけど、来週あたりどうかな、真奈ちゃん」

「いいえ」私ははっきりと答えた。「私は絶対に会いません。加奈ちゃんだったらどうだかわからないけど」

相手はずいぶん驚いたらしかった。

「加奈ちゃん？　いったいなんの話さ。君のお姉さんは……」

「とにかく私は会いません」私はぴしゃりと相手の言葉を遮った。「それじゃ、さよなら」

言い捨てるなり受話器を置いた。頭のなかが混乱し、すべてわかったと思ったわりには、結局なにがなんだか訳がわからなかった。考えるほどに混乱し、不覚にも涙があふれそうになった。加奈ちゃんの意図がなんであったにせよ、私は深く傷ついていた。もう松木さんのことはどうでも良かった。加奈ちゃんが私に対してしたしうちがあまりにも不愉快で、ただただ許せなかった。

それにしても、不愉快である以上にことは不可解である。いったい加奈ちゃんは、どんな方法で家を抜け出したのだろう？　期せずして彼女には一人と一匹の監視人がついていた。もっともショコラは口がきけないから、中山君が嘘を言ったのだとすればすべて説明はつく。だが私にはどうしても、彼がそういう類《たぐい》の嘘をつけるタイプだとは思えなかった。そして私が家を出る時に加奈ちゃんが残っていたのは確実だし、帰宅の際には既に家にいたこともまた確かなことだ。にもかかわらず、あの子は松木さんと会っていたのだ。

ひょっとしてこれは、完全犯罪というやつじゃないかしら？　どさくさに紛れて、そんな場にそぐわない感想まで飛び出した。これが刑事ドラマなんかだと、こつこつと地道な捜査を続けて、犯人の完璧なアリバイを崩して行くんだわ……。

廊下で電話機を前にしたまま、ぼんやりと考え続けていると、ふいに背後から肩を叩かれた。びくりと振り向くと、そこには唇に曖昧《あいまい》な笑みを浮かべた姉が立っていた。

「あのね、真奈ちゃん。ちょっとお話があるんだけど……」

ひどく言いにくそうに、私たちの長姉、紗英《さえ》は言った。

## 7

長女の下に少し年齢の離れた双子の妹たち、という構図は、しばらく前の話になるが、さるやんごとない向きに嫁いだ女性の家族構成を想起させるものがある。ペットに犬を飼っている、というところまでそっくり同じだ。その相似点に真っ先に気づき、面白がって我が家の老犬を「ショコラや」なんて呼び始めたのもこの長姉だった。加奈ちゃんと違い、高校生にもなって彼氏の一人もいない私を案じて、今回松木さんを紹介してくれようとしたのも彼女である。ごく面倒みのいい人なのだ。彼女にしても、まさかこんな妙な結果になるとは思ってもみなかったに違いない。

奇妙な笑みを浮かべる姉を見て、そうか、今日の事後報告を聞きたがっているのだなと察しが付いた。正直言って気が重い。なにしろ惨憺《さんたん》たる結末に終わってしまったわけだから。

さて、事の次第をどう説明したものかと言いよどんでいると、機先を制するように姉が素早く口を開いた。

「あのね、今日……松木君、来なかったでしょ。ずいぶん待っちゃったんじゃない？」

「どうして知ってるの？」

松木さんから直接聞いたのだろうか？　私の疑問に、今度は姉の方が言いよどんだ。

「あのね、すっごく言いにくいんだけど、ちょっとした誤解があったのよ。いえ、もちろん私が悪いんだけどね。て言うか私の言い方がね、誤解を呼びやすい表現だったたって言うか……」

私はぽかんと姉をみつめた。いったいなにを言っているのだろう？

「ようはちょっとした言葉の行き違いなのよ。私、あの人にこう言っていたのよね。私に双子の妹がいるって。もちろん私としては、双子の妹たちってつもりだったんだけど、彼は違うふうに受け取ってたみたいで、その、つまり……」

姉はまたごにょごにょと口ごもった。いつもはっきりと物を言う彼女にしては珍しいことだ。ともあれ私に対してひどく面目無く思っているのはよくわかった。そして、だいたいの事情も呑み込めた。

つまりは日本語表現の曖昧さが、今回の騒ぎの元だったのである。姉は自分に双子の妹たちがいる、というつもりで、

『私には双子の妹がいるの』

と言った。同じ言葉を、松木さんは〈紗英は双子の姉妹のうちの一人だ〉という意味に受けとったのだ。姉に対しては失恋した彼も、もう一度夢を見てしまったのだろう。まったく同じ顔をした女性が、この世にもう一人いると知ってしまったのだから。オレンジの半分が

駄目なら、もう半分の方でもいいや。そう考えたのだ。

松木さんがそんなふうに誤解したこと自体は、普通に考えれば無理もないことではあった。確かに姉の言い方が不適切だったのだろう。彼女にしてみれば、彼氏のいないのは私だけだから、加奈ちゃんの名前なんか出しもしなかったわけだ。

あの時彼は確かこんなふうに言っていた。

『加奈ちゃん？　いったいなんの話さ。君のお姉さんは……』

彼が本当に言いたかったことはこういうことだろう。

『加奈ちゃんっていったい誰のことだい？　君のお姉さんからは、そんな名前はまるで聞かなかったけど……』

途中で遮ったのは私だ。やっぱり人の話はお終いまで聞くべきなのだろう。

「ひょっとして……」私はじろりと姉をにらみつけて言った。「今日、私の代わりに松木さんとデートしたのは、お姉ちゃんだったってわけ？」

「ほとんど事故みたいなものよ」きまり悪そうに姉は弁解した。「真奈ちゃんのことが心配でさ、こっそり後をつけたのよ。私がセッティングして二人を引き合わせるわけだから、ほら、なにかあったら大変じゃない？　真奈ちゃんに気づかれないようにって、わざわざ変装までしたんだから」

「加奈ちゃんから服を借りて？」

「そうそう」いとも無邪気に姉はうなずいた。

「カジュアルな恰好したい時には、いつもあの子のを借りることにしてるのよね……だけど誤算だったわ。まさか松木君が、真奈ちゃんより先に私を見つけちゃうなんて、思いもしなかったもの。しかも全然私だって気づかなくってさ。開口一番にこう言うのよ。『やあ真奈ちゃん、すぐわかったよ。さすが双子だね、そっくりだ』って。やったら感激するわけ。そのときやっと勘違いに気がついたんだけど、まさか本人ですとも言えないじゃない？　もう参ったわ」

それはこっちのセリフだよ、お姉ちゃん。

結局一番の被害者は松木さんなのかもしれない。同じ人に二度も失恋しなきゃならなかったのだから。

とは言っても、あまり気の毒という感じはしなかった。それは姉も同じなのだろう、ことさらオーバーに首をすくめて見せる。そのおどけた表情に、思わず吹き出してしまった。それから二人して、顔を見合わせて大笑いした。

いつだってこうなのだ。姉と話していると、いつの間にかどんどん彼女のペースに引き込まれていて、怒るに怒れなくなってしまうことだってしょっちゅうある。得な性分なのだ。

「ねえ、一つ教えて欲しいんだけど」思いついて尋ねてみた。「私が出かけている間、ショコラが一度も吠えなかったって聞いたわ。だけどお姉ちゃんは当然、私が出かけた後で玄関を出たわけでしょ？　いったいどうやって出てきたの？」

考えてみれば中山君は、加奈ちゃん以外の人間も出てこなかったとは、一言も言っていないのだ。

「あら、別にどうってことなかったわ」あっさりと彼女は言った。「いつだったか会社の歓迎会で帰るのが遅くなって、ずいぶん叱《しか》られたことあったじゃない？」

「そりゃお父さんだって怒るわよ。だってあの時、お姉ちゃんが帰ってきたのって午前二時頃だったでしょ」

「勤め人は高校生と違って大変なの。飲み会も仕事のうちってね。それにあのときだってね、十二時くらいには家に帰ってたって思わせることもできたのよ。ショコラさえ吠えなきゃね。とにかくあれに懲《こ》りたって言うか学んでね、こっそりショコラを調教したのよ」

思いがけないことを言う。

「調教っていったいどうやって？」

「調教の第一歩はとにかくエサよ。ポイントはね、飲み会があった時には密かにサラミとかスモークチーズだとかをくすねとくってこと」

そしてショコラの鼻先でその御馳走をひらひらさせて、

『はあい、ショ・コ・ラちゃーん。シーよ、シー。し・ず・か・に・ねー』

などとささやきながら残りのサラミを置いてそそくさと家の中に入ってしまう、ということを繰り返しているうちに、かの忠犬も姉の意図を呑み込んでいったのだそうだ。元々賢い犬なのである。とにかく今では訓練の甲斐《かい》あって、姉が出入りしてもワンともニャーとも（姉の言葉を借りれば）鳴かなくなってしまった。その代わりに、「ちゃんと言いつけは守っていますよ」とばかりに、耳をぴくぴく動かして見せたりするらしい。完璧な共犯関係の成立である。すごいアリバイトリックでしょう、と得意そうに胸を張ったあと、

「でもさ、実はちょっと寂しいのよね。昼間は別に吠えてくれたっていいんだけどなあ」

なんて勝手なことを言っている。

「言っとくけど、あんたたちは真似しちゃダメよ。ショコラがコレステロール過多になっちゃうから」

ますます勝手なことを言う姉に、私は少し甘えた声で言った。

「ねえ、お姉ちゃん。お姉ちゃんは、彼氏のこと好きだよね?」

「なによ、急に変な子ね」途端に姉は照れた表情をした。その顔が、とても可愛らしいと思った。双子じゃなくてもやっぱり姉妹だから、私たちはよく似ている。少なくとも、オレンジとミカンくらいには。

「好きよ、もちろん」きっぱりと姉は答え、人指し指でとんと私の額をつついた。「でなきゃ、つきあったりしないわよ」

「私もね、これから私のオレンジの半分を探すわ。加奈ちゃんじゃない、松木さんでもない、もう半分をね」

あの時どうして疑いが一直線に加奈ちゃんに向かったりしたのか。自分の双子の片割れに対する思いの複雑さを、改めて感じてしまう。好きだけど嫌い。誰よりも理解できるけど、まるきりわからなくなることもある。そっくりだけど違う。違うけど、とてもよく似ている。

加奈ちゃんと私は、そっくりだけど違う人間なのだ。だから私は、懸命に加奈ちゃんとは違う方へ違う方へ行こうとしていた。ピアノを辞めてお習字を習った。共学へは行かないで、女子校を選んだ。カジュアルな服装よりは、フェミニンな恰好を好んだ。そのくせ、心のどこかでは加奈ちゃんと一緒でなきゃ嫌だと思った。加奈ちゃんみたいな彼氏が欲しいとも思った。

同じは嫌、でも一緒でいたい。

加奈ちゃんはいったい私のことを、どういうふうに感じているのだろうか？　私の加奈ちゃんに対する思いと、少しは似ているのか、それとも全然違うのか。

「なんだかよくわからないけど……」いつだって率直過ぎるくらいに率直な姉は、にっと笑ってそう言った。「でも、頑張ってね。応援するわ」

一瞬の沈黙の後、私は答えた。

「……ありがと」

手をひらひら振ってから姉が立ち去ると、入れ替わりに加奈ちゃんが現れた。抱えているクッションを見て、ははんと思う。

「中山君に電話するんでしょ。仲直りしてあげる気になった？」

「ほっといてよ」

今日はとうとう一歩も外へ出なかったいじっぱりな加奈ちゃんは、そっぽを向いてそう言った。はいはいはいと首をすくめつつ、私は言った。

「中山君って、すごくいい人よね。私だったらそろそろ許してあげるけどな。まあ頑張って仲直りしてくれたまえ」

ちょっと偉そうに背中をそらし、立ち去りかけた私の背中に向かい、加奈ちゃんがぽつりとつぶやいた。

「ありがと」

さっきの私と、そっくりな口調と声だった。

鏡に向かって髪を整えながら、私は一人くすくす笑った。

問い——半分に切ったオレンジに、一番よく似ているものはなあんだ?

答え——もう半分のオレンジ。

いったい誰がこんななぞなぞを思いついたんだか。ほんとうにもう……。

笑っちゃうね。

沙羅は和子の名を呼ぶ

沙羅《さら》が和子《わこ》の名を呼んだ。

和子ははっと身を固くする。

わこ。わーこ。わこちゃん。わーこちゃん。

歌っているみたいな抑揚で、沙羅は和子の名を呼び続けている。餌《えさ》をついばむ小鳥のように、ごく熱心に、そして飽きることなく、沙羅は繰り返す。

わこ。わーこ。わこちゃん。わーこちゃん。

それはまるで、魔物か妖精でも呼び出す呪文のようだ。

和子は思う。

——なんておかしな、あべこべ。

縁側の端っこにもたれるようにして、沙羅が座っていた。和子の気配に振り向いて、ひらりと笑った。

「いたの？　わこ」

自分でさんざ呼んでおいて、そんなことを言う。和子はとくとくと鳴り始めた心臓の上にそっと手を置き、小さくうなずく。

「うん、いたの」

心臓を包む骨の上で、和子の胸はまだ薄く、固く、平らだ。一方、沙羅の胸はかすかに膨らむ気配を見せている――こうして振り返ったり、勢いよく両腕を上げたりしたとき、和子は改めてその事実に気づかされ、ひどく狼狽《ろうばい》させられる。

初めて出会ったときから――たぶん出会う以前から、和子は沙羅に魅了されていた。たとえ沙羅が気まぐれな上にいささか意地が悪く、しばしば和子を小馬鹿にしたような態度をとるにしても。そしてまた、たとえ沙羅が魔物か妖精か、それとも他の何か良くないものだとしても。

## *1*

その町には、色がなかった。

歩いても歩いても、まったく同じ灰色のレンガ塀がどこまでも続いている。

冬だった。

ぼんやりとした光の中の、モノクロームの季節。和子はなんとはなしに、以前両親が熱心に見ていたテレビのことを思い出していた。

——このテレビ変だよ。

和子の言葉の意味が、両親にはすぐには通じなかったらしい。

「——色が」と重ねて言うと、父親はああとうなずいた。

——昔の映画だからね。

母親も言った。

——昔のテレビはみんな、こんな感じだったのよ。

画面に映っている男女は、和子にはわからない言葉をしゃべっていた。その上、白と黒とで創り出された画像は、どこかざらざらした印象だった。まるで春先にたくさん出てくる、細かな羽虫みたいだった。払いのけても払いのけても、次々にわっと押し寄せる、そんなもどかしさやいらだたしさを、そのとき和子は感じていた。

「ここが新しい家だよ」

所番地を確かめてから、父親は軽く灰色の塀をたたいた。ぼんやりと歩き続けていた和子は、その言葉にはっと立ち止まった。

その家もまた、今までに通り過ぎてきた家々と何の変わりもなかった。灰色のレンガ塀に囲まれた、木造の平屋。ただ、塀に取り付けられた深緑の番地プレートだけが、ごくわずかな個性だった。

〈新しい〉と父は言ったが、それは今後自分たちが新たに住まうという意味でしかない。家自体は、ひどく古めかしく、くすんでいた。以前テレビで見た映画と同じように、昔々、たぶん和子が生まれてくるはるか以前に造られたものなのだろう。

まるで昔々で始まる物語のように、和子にとって少し遠く、そしてどこか懐かしい家だった。

奥まった玄関の両端に向かって、左右の塀はきちんと直角に折れ曲がって続いていた。どちらにも途中、木戸がついている。片側の木戸は、下半分が苔《こけ》の色に染まっていた。足元にはやはり、灰色レンガが敷いてある。両端にわずかに残された土に、ひょろひょろとした木が数本植えられていた。

ねじ込み式の鍵は、しばらく使われていなかったせいかひどくきしんだ。父親が二カ所の鍵を開ける間、和子はドアにぴったりと鼻先を押し当てていた。ドアといっても、つい前日まで住んでいたアパートのそれとはずいぶん違う。格子の間に磨りガラスのはまった、引き戸だった。いくら眼を凝らしても、中は暗く、様子はおぼろにしかわからない。ガラスに触れた鼻のてっぺんがひりりと冷たかった。

父親が慣れない鍵の固さに舌打ちをしたとき、和子ははっとガラス格子から離れた。

中で、何かが動いた。何か、赤い、もの。

ひどく、鮮やかな、赤。

人影のように見えた。それも和子と同じくらいの――子供？

「ようし、開いた」

陽気に父は言い、レールの上を重いガラス戸が滑っていった。

家の中には誰もいなかった。

古めかしい新居を、それでも両親は気に入ったようだった。

「東京じゃ考えられない広さだよな」

父は満足そうにそう言っていた。

「お庭もこんなに広いしね」

春になったら植える花の名を数え上げながら、母の声も弾んでいる。確かに家も、庭も広かった。十二畳の客用座敷がついていたし、畳自体の大きさも、前のアパートよりずいぶん大きい。家の周囲をぐるりと取り囲むように庭があり、その庭をさらに、あの灰色の塀がうっそりと取り囲んでいる。

和子自身にも、初めての個室が与えられた。四畳半だったが、和子には充分な広さだ。窓は下半分が磨りガラスになっていて、透き通った上半分からは枇杷《びわ》の木が見える。廊下側にはちゃんと引き戸があるのに、その上、台所に面して小さな板戸がついていた。残る一面には押入があったから、和子の部屋には壁というものがほとんどないことになる。

「女中部屋だな、これは」父親が感心したようにつぶやいた。そしておどけた顔を和子に向けた。「こら、おまえは今日からこの家の女中だぞ」

「大時代ねえ」母親もあきれたように肩をすくめ、「どっちみち持ってきた食器棚を置く場所がいるから、この出入り口はつぶしてしまいましょう」と言った。台所には作りつけの大きな食器棚があったものの、あまり積極的に使う気にはなれないらしかった。つい先ほど、ゴキブリの卵をいくつも見つけてしまい、大騒ぎしていたのだ。

その日のうちに食器棚は母が主張した場所に置かれ、和子の部屋の板戸はただの壁と変わらなくなった。

だからその夜、誰かがその板戸を開けてするりと入ってきたような気がしたのは、たぶん夢なのだろう。

そのときはまだ、そう思っていた。


新しい学校は広い校庭と、少し古びた校舎を持っていた。新しい担任の先生も、少し年をとった女の人だった。どうしてあんなに瞼《まぶた》が青いのだろうと、和子には不思議でならなかった。それにどうして唇は、あんなに赤いのだろう？　そのくせ、全体にはかさついて、くすんだ印象があった。

先生は、和子の名を〈かずこ〉と紹介した。元いた小学校の名前も読み間違えていた。小さい声で訂正したが、どうやら聞こえなかったらしい。そのまま席につかされた。廊下側の、一番前の席だった。

机の上に、誰かが鉛筆で小さく落書きをしていた。難しい漢字だった。

「……近頃の子供は甘やかされてるっちゃねえ、みそ汁の中にこんなこまいいりこが入っとおだけではらかいて、サカナ入っとうけよう食べんち言いよおと。また近頃のお母さんが甘いっちゃねえ、まあ、ごめんごめん、食べんでもいいよち言ったりしようけ、骨の弱い子になるんやねえ」

先生が、甲高い声で大げさな身振りを交えて話し続けている。どうやら隣のクラスで、転んで骨折した子がいるらしい。先生の言葉はひどく奇妙で、どこか恐ろしくて、そして理解するのはむやみと難しかった。

〈くじらのたつたあげ〉という言葉が、和子の頭に浮かぶ。給食でたまに出てくる、和子の苦手なメニューだ。噛んでも噛んでも、顎《あご》がくたびれるくらい噛み続けても、なかなか飲み込むことができない。終《しま》いにはゴムを齧《かじ》っているような気分になってくる。

ちょうどそんな感じだった。

突然、自分の頭がどうしようもなく悪くなってしまったのかもしれない。そう思って、和子は情けなかった。前の学校では、体育を除いてAばかりの通信簿をもらっていたというのに。

嫌みな口調ばかりが際だつ、先生のとりとめのない話に、退屈した子供たちが騒ぎ始めた。先生はきっと眉を上げて叫ぶ。

「あんたら、しゃあしいよ。だまり」

ぴたりと私語が止《や》む。

和子は喧噪《けんそう》からも、静寂からも取り残されている。途方に暮れて、そっと机の上の落書きを撫《な》でてみた。

沙羅。

なんて読むのだろう？　まるで見当もつかない。先生の言葉と同じくらい、難しかった。

和子は逃げるように、家に帰った。

忘れちゃったときのためにね——そう母が言って持たせてくれた住所の紙を、しっかり握りしめて和子は歩いた。深緑のプレートに書かれた所番地を、懸命にたどる。角を曲がったとき、すぐ近くでぱたんと音がした。木戸が閉じる音だ。正面には玄関。そして左右にあるのは、和子の家の庭に続く二枚の木戸だ。

「お母さん？」

そっと、呼んでみた。返事はなかった。そっと木戸の取っ手に触れてみたが、中から鍵がかかっているらしく、ぴくりとも動かない。

母はいなかった。そういえば、いろんな手続きがあるから少し遅くなる、と言っていた。市役所に銀行に電話局、それからお買い物。

しかしそれなら、さっきの音は何なのだろう？

母のサンダルを借りて、勝手口から庭に出てみた。塀に囲まれた庭は、冬でも少し湿っぽい。松や山茶花《さざんか》や金木犀《きんもくせい》や、他にも何本もの木が植えられている。南側にある柿の木については、「甘柿かな、そうだといいな。なあ、和子」と、父親が子供のようにはしゃいでいた。枇杷の木は日当たりが悪いところにあるから、たとえ実がなってもきっと酸っぱいだろうと言う。その枇杷の木の脇に、木でできた古い物置があった。引っ越しのとき、扇風機だの簾《すだれ》だの、すぐには使わないものをどんどん放り込んだ場所だ。見ると、少し扉が開いている。中は薄暗く、埃《ほこり》っぽい。恐る恐る足を踏み入れてみる。誰もいない。

突然大きな音がして、あたりが真っ暗になった。和子には何が起きたのかもわからず、しばらく呆然《ぼうぜん》としていた。

振り返ると、扉がぴったりと閉まっていた。

——閉じこめられた。

そう気づいたとき初めて、和子は声にならない悲鳴を上げた。

必死で取っ手に指をかけたが、扉はぴくりとも動かない——まるで、誰かが向こう側で押さえつけてでもいるように。

恐慌状態に陥った和子は、ひたすら母を呼んだ。

お母さん、お母さん、助けて……。

ふいに、くすくす笑いが聞こえてきた。

「オカーサン、オカーサン、だってさ。赤ちゃんだね、まるで」

向こう側で扉を押さえていた力が、ふっと抜けた。板戸はするすると動き、太陽の光がいちどきに入り込んできた。眼を焦がすほどに、強い光。和子はとっさに両手で顔を覆い、それから恐る恐る手をどけてみた。

眼の前に、背の高い女の子がいた。

髪は短く、そして明らかに赤みがかっている。加えてほんの少し、波打っている。たぶん和子よりは二つ三つ年上だろう。赤いTシャツとジーンズの組み合わせが、長い手足によく似合っていた。とりわけTシャツの赤い色が。

赤。どこかで見た、赤。

「あんた、誰よ。他人《ひと》んちで何してるの」

そう言ったのは、相手の方だった。

「私は和子。この家の……」

答えかけて口をつぐむ。本当にここは自分の家なのだろうか。にわかに自信がなくなる。所番地が書かれた紙を、ポケットの中でぎゅっと握りしめた。ちゃんと確かめたと思ったけど、違ったのだろうか？　玄関にはちゃんと〈元城〉の表札がかかっていたと思ったけど、それも見間違いだったのだろうか……？

「……あんた、泣いてんの？」

困ったように、少女は言った。先ほどの恐怖で、知らず流れ出していた涙が、まだ頬を伝っていた。

「ゴメン。いじめるつもりじゃなかったんだ。これあげるよ。食べな」

少女は強引に和子の手を取り、ポケットから取り出した赤い実をいくつか掌《てのひら》にのせた。

「じゃね。今度一緒に遊ぼ」

軽く手を振って、歩き出す。その背中に、思わず声をかけていた。

「名前、なんて言うの？」

「サラ」

振り向きもせず、少女は答えた。

不思議なことに和子の頭の中で、学校の机に書かれていた〈沙羅〉という文字が、今聞いたばかりの名前とすっと重なった。ぼやけていた望遠鏡のピントが、ふいにぴしゃりと合うように。

沙羅はさっさと家の角を曲がっていった。はっと我に返り、後を追ってみたが、沙羅の姿はもうどこにもない。

掌の上で、赤い実は少しつぶれて、透明な汁をにじませていた。


「まあ、木苺ね」

帰宅した母親は、赤い実を見るなりそう言った。「でもどうして今頃？」

「ほんとはいつ、なるものなの？」

「確か夏……だったと思うけど、さあ、よくわからないわ。どうしたの、これ」

母親の問いに、ほとんど迷うことなく和子は答えていた。

「友達にもらったの」

「まあそう、良かったわねえ」

新しい学校で、早くも友達ができたかと、心から安心したらしかった。

木苺はどれも小さくて、種ばかりがいつまでも口の中でころころしていた。それでもほんのりと甘く、かすかに夏の味がした。

## 2

「――ねえ、あなた。聞いてる？」

元城一樹が妻の佐和子からそう言われたとき、そんな場合の世の亭主がたいがいそうであるように、彼は半ば上の空だった。だが彼の場合、ほとんど条件反射のようにして、熱心な口調でこう答えることができる。

「もちろんだよ」

だが小柄な妻は、やや恨みがましい眼で一樹を見上げた。

「……嘘ばっかり」

「ちゃんと聞いてるさ。和子の友達の話だろ……空想の。まだ子供だし、女の子だし、別に大騒ぎするほどのことじゃないんじゃないか。よくあることだよ。君だって、子供の頃にはごっこ遊びをしてたんじゃないのかい？　ままごとで砂や葉っぱを料理に見立てたり、ぬいぐるみをおんぶしたりしてさ。それと同じだよ」

おどけた口調で一樹は言い、ひょいと肩をすぼめた。だが佐和子の表情は少しもやわらがなかった。

「同じじゃないのよ。何だか怖いのよ」

「怖い？」

一樹は読み終えた夕刊を畳んだ。実のところ、妻のこの話につきあわされるのには少々うんざりし始めていた。いつもこうだ。つまらないことを、くよくよ考えすぎるたちなのだ。とりわけ子供のこととなると、いささか度が過ぎる傾向がある。

今度の転勤でも、つい最近までは和子が転校先でいじめられやしないかと、ひどく気にかけていた。それが今度は幻の友達のことを気に病んでいる。次から次からよくもまあと思う。

一樹の内心をよそに、佐和子は堰《せき》を切ったように話し始めた。

「和子は沙羅に夢中だわ。あの子の話はいつだって沙羅、沙羅、沙羅。初めて会ったときには、木苺をくれたのって持ってきたわ。その次はバラの花。それから枇杷。この間はグミよ。二人で、裏の空き家に入り込んで取ってきたんですって。どれも私、この眼で見たのよ。そりゃ、探せばどこかに季節はずれの実がなってたり、花が咲いてたりするんでしょうけど、何だか気味が悪くて……まるで、その沙羅って子が、本当にいるような気がしてくるの」

「本当にいるってことはないのかい？」

一樹の問いに、佐和子は言下に首を振った。

「それはないわ。私、聞いてみたもの、学校にも近所の奥さんにも。そんな名前の子は、どこにもいないのよ。第一、和子の話じゃ、沙羅はこの家や、お隣や裏のお宅の間にある木戸を開けて、自由に出入りしてるらしいけど、そんなはずないじゃない。私、ちゃんと戸締まりしているんだから」

「それもそうだよな」

一樹としては、うなずく外はない。佐和子は気遣わしげに続けた。

「転校して二ヶ月経つのに、学校で友達ができた様子もないし。新しい学校は嫌いなんですって。わからない言葉が多いし、あの子自身の言葉も、アクセントが変だって笑われるらしいわ。『東京弁』とか、『テレビみたいなしゃべりかたする』とか」

「東京弁、ね」一樹は苦笑する。「言葉の問題は大人でもとまどうことがあるからなあ……。しかしこのあたりの方言は、そんなにきつくはないだろう？　そのあたり、子供は柔軟だっていうし、じきに慣れるさ。成績だって、ほら、こないだのテストなんか満点だったじゃないか。心配することないよ」

佐和子はかすかに軽蔑《けいべつ》するような表情を見せた。

「東京の学校に比べて、こっちの授業は遅れてるから、できて当然なのよ。それに成績のことなんか心配してないわ」

「わかってるよ。サラ、サラ、サラ、だろう？　そんな名前、どこから引っ張ってきたのかなあ。テレビ漫画かな」

「あの子が見てる番組にも、読んでる本にもそんな名前、出てこないわ。聞いたら驚くじゃない、なんと沙羅双樹《そうじゅ》の沙羅なんですってよ」

「沙羅双樹って、お釈迦様が入滅したときにどうのこうのって、あれかい？」一樹はあきれ声を上げた。「よくもまあ、そんな小難しい話を持ち出してきたもんだ。和子のやつ、いったい誰から聞いたんだろうな」

「だから、沙羅から」

「馬鹿な」

「あの子はそう言ってるわ」怒ったように、佐和子は言い、それから付け加えた。「でもさすがね。沙羅双樹なんて、よく知ってる。私、辞書を引いたわ」

「ああ、そりゃ昔……」言いかけて、一樹はふと口をつぐんだ。「昔、国語で習わなかったかい？　ほら、『平家物語』だよ。沙羅双樹の花の色、盛者必衰のナントカカントカってさ」

言いながら、一樹は妻とは別な女の声を聞いていた。

——もし女の子なら……。

魅力的なハスキーヴォイス。わずかに鼻にかかった、甘い声。

——沙羅って名前がいいわ。

——綺麗な名前だ。だけどどうして沙羅？

——沙羅双樹の沙羅よ。お釈迦様が入滅したときに、四方に二本ずつ生えていたっていう沙羅の樹のこと。ホラ、ね。二本の樹。一樹は一本の樹。そして沙羅は二本の樹……。

一樹はそっと首を振った。追憶。思い出。いや、そんな甘やかなものじゃない。火膨れするような、火傷《やけど》の傷痕《きずあと》。眼にするたび、触れるたびに思い出す。跳び上がるような痛さ、熱さ……心の疼《うず》き。疚《やま》しいのは、自分以上に他人を傷つけたことだ。

彼女。絵美――エイミイ。

「――沙羅、か」自らの沈黙を破るように、一樹はぽつりとつぶやいた。「あとで和子と話をしてみるよ」

夫の言葉に、佐和子はようやく笑顔を見せた。

「お願い。そうしてくれる?」


佐和子はごくわかりやすい女だ、と一樹は思う。彼女がして欲しがっていることを知るのはたやすいし、たいていの場合、その望みを叶えてもやっているつもりだ。それで、家の中は万事スムーズに行く。佐和子は満足し、その事実に義父も満足する。そのことが大きな意味を持ってくるのは、佐和子の父親が一樹の会社の専務取締役だからだ。

もしそうでなかったら、一樹はおそらく、いや絶対に佐和子とは結婚していなかっただろう。その自覚があるから、一樹は妻に対しても、常にある種の疚しさを感じている。

とはいえ、佐和子はサラリーマンの妻としては申し分なかった。同じ会社に勤めている父親を見て育ったから、会社員としての様々な事情を、いちいち口に出さずとも汲《く》んでくれる。また、社宅という特殊な社会の中で、この上なくうまくやってくれている。あの、馬鹿馬鹿しくもだだっ広い客用座敷の意味をきちんと理解していて、一樹がふいに幾人もの部下を伴って帰ってきても、見事なもてなしをしてくれる。こちらに越してきて、さほど経っていないにも拘《かか》わらず、彼女の評判はすこぶる良かった。それはそのまま、一樹の社内での評価が上がることを意味してもいる。

たとえそれが、愛社精神などと呼ばれるものと、さほど変わらない感情であるにしても。

一樹は間違いなく、妻を愛していた。わかりやすく堅実で、そして適度に聡明な妻を。

それは妻の性格と同様、わかりやすい愛情だと思っている。だが、その娘である和子に対する思いは、もっと複雑だった。

佐和子と和子。

並べてみれば一目瞭然《いちもくりようぜん》なように、一人娘の名前は妻の名から取られたものだ。ちなみに命名者は義父である。だからこそ、〈かずこ〉ではなく〈わこ〉なのだ。しかし和子の性格は、あまり妻には似ていなかった。容姿は明らかに佐和子の方に似ている。一重の切れ長の瞳も、まっすぐで量の多い髪も。だが、それぞれの瞳が見つめているものも、頭の中で考えている事柄も、母と娘ではまるで異なっていた。

佐和子はいつだって現実的だ。彼女の頭にあるのは、その日のメニューのこと、一樹の靴下に空いた穴のこと、銀行の振り込みのこと、和子のために買ってやる洋服のこと。一方、和子が考えているのは……。

一樹には和子が考えていることがどうしてもわからないのだ。

口数が少ないのは、佐和子とて同じだ。なのになぜ、こと娘のことになるとこれほどわからないのだろう？　佐和子似の両の眼は、しかし緑藻で覆われた湖水のように表情が読めない。聞けば一応、その時々で考えていることを教えてくれる。それはどこか遠い国にあるお城のことだったり、見たこともない極彩色の鳥のことだったり、童話の中の勇気ある少年や優しい少女のことだったり……。

もちろんそれは、ごく子供らしい、そして少女らしい空想なのだろう。

もしこれが男の子なら、興味は野球やサッカーだったり、怪獣や乗り物だったり、それならば一樹にもきっとよくわかる。一緒になって楽しむことだってできる。だが、問題は男女の差、あるいは大人と子供の違いといったようなものばかりではない気もする。

人は不可解なものに、より惹かれるのかもしれない——それは一樹が漠然と、しかしずっと以前から考えていたことだ。昔つきあっていた女性、エイミイに対しては、そのわからなさゆえに恋心がつのった。だが、我が子についてはどうだろう？　もちろん、娘は可愛い。この上なく、愛《いと》しい。だが、寄せ木細工でこしらえた美しいからくり箱のように、解き開けることも、こじ開けることもできず、ただじっと眺めているほかないようなもどかしさがそこにはある。当惑。そしてわずかな疎外感。

「なあ、和子」

引き戸越しに声をかけると、部屋の中でかすかな身じろぎの気配がした。

「ちょっと話があるんだ。入っていいかな」

小さく、返事があった。うん、と答えたようだった。そのとき、きゅるきゅる、トン、という音がした。引き戸を開けたてする音のように聞こえた。まだ一樹は部屋の戸に、触れてもいない。

取っ手の窪《くぼ》みに指をかけて引くと、するりと開いた。引っ越しの後、几帳面な佐和子は家中の敷居にロウを塗っていた。立て付けも、滑りも悪くない。和子が押入に何かをしまったのだろうか？　しかしさっきのあれは、レール式の引き戸の音だ。

首を傾《かし》げながら中に入ると、和子は部屋の真ん中で、膝を抱えて座っていた。一樹を見上げて、和子はひどく愛らしく、ぽかりと口を開けて笑った。

「今ね、沙羅が来てたんだよ」

*3*

沙羅のことを人に説明するのは、とても難しい。母も、父も、一応真剣に聞いてはくれる。沙羅がどんなに素晴らしい遊びを思いつくか。沙羅がどんな服を着ていたか。沙羅がどんなことを言ったか。

両親は、「うん、うん」と聞いてくれた後で、しかし決まってこう言う。

「和子も早く本物の友達を作らないと」

本物って何？　偽物の反対？

和子の言葉は紙風船のように薄く、軽く、頼りなく、すぐにくしゃりとつぶれてしまう。

祖母の反応は少し違っていた。

春休みを利用して、和子は一人、父方の祖母の家を訪れていた。父と母は一泊しただけでさっさと帰ってしまった。春休みいっぱい、おばあちゃんのところにお世話になろうねと言い残して。

そんなに長い間、両親の元を離れるのは初めてだった。そのこと自体は、思ったほどには辛くなかった。優しい祖母がいつも一緒にいてくれるから。

むしろ寂しいのは、沙羅と会えなくなることだった。

沙羅と会って、とりとめのないおしゃべりをしたかった。黙ってそこにいてくれるだけでも良かった。それも無理なら、せめて誰かに、沙羅の話を聞いて欲しかった。

だから祖母に沙羅の話をした。話し終えて少し気が済んだとき、思いがけない言葉が返ってきた。

「――それはひょっとしたら、座敷ぼっこやないかしらねえ」

祖母の一枝はおっとりと微笑んで言った。

「座敷ぼっこ？」

「座敷わらしとも言いますなあ。古い家に住んでいる、子供の妖怪なんやけど、妖怪言うても、ちっとも怖いことはないんやて。それどころか、家を守ってる神様みたいなものなんやて」

「ヤモリとは違うの？　この間、家の中にいたよ。お母さんはキャアキャア言ってたけど、お父さんがこれは家を守ってくれる神様だからって」

祖母はふわりと首を傾げた。

「ヤモリとは違うなあ、座敷ぼっこは」

「その座敷ぼっこって、どんな恰好《かっこう》しているの？」

「さあ？」祖母は再度微笑んだ。「会《お》うたことないからよくはわからないけど、たぶん、おかっぱ頭して、着物着てるんと違うか」

それなら沙羅とはまるで違う。髪型だけなら、むしろ和子の方こそが座敷ぼっこだ。

——もしかしたら、本当にそうなのかもしれない。

沙羅はよく、笑って言っていた。和子、あんたいつもどこから来るの？　どこへ行っちゃうの？　まるで幽霊みたいだね、あんた……。

本当に幽霊だったら良かったのに。そうすれば、好きなときに、好きな人の前に現れることができただろうに——そして、好きなときに、消えてしまうことができただろうに。

布団に入るとき、電灯のひもを引っ張って、ぱちんと明かりを消す前に、ふと、そんなことを考えた。

ウシガエルが鳴いている。

それがカエルの鳴き声なのだということは、祖母から教わった。確か去年の夏休みのことだ。家の傍らに小さな池がある。そこに、たくさんの蛙が棲んでいるのだという。食べられる蛙なのだそうだが、和子には考えただけでも気持ちが悪い。

――でっかいのになると、和子の頭ぐらいあるぞ。

いつだったか父が、そんなことを言っていた。図体《ずうたい》がそれだから、その声もものすごい。ケロケロなんていう擬声語が馬鹿馬鹿しくなるくらい、それは野太く低く、信じられないくらいの大きさだった。その名の通り、牛の鳴き声に似ていなくもない。牧歌的でものどかでもなく、和子にはむしろ恐ろしくさえ聞こえるのだが。

暗くなってから鳴くせいかもしれない。一度耳につくと、眠れなくなる。

幾度目かに寝返りを打ったとき、廊下でぱたりと音がした。そして柔らかな足音が近づいてきて、和子が休む部屋の前で止まった。

するりとふすまが開いた。

「和子ってば、ここにも来たんだね？」

パジャマ姿の沙羅が、少し驚いた顔をして、ひらひらと片手を振っていた。

### 4

「――しかし何だね、元城クンもうまくやったよねえ」

ノズルのバルブに手をかけながら、黒木がやけに粘着質な口調で言った。

「何の話だよ」

一樹はわざと空とぼけ、制御パネルに顔を近づけた。黒木がこんな口振りで一樹に言いたいことは一つだけだ。大げさでなく、百回ほども聞いている。

「いい嫁さんをもらったってこと。あーあ、同期入社だってのに、えらく差ァつけられちゃったよなあ」

機械の騒音で聞こえないといけないとでも思っているのか、必要以上に大声でぼやく。

一樹は相手にわからぬよう、わずかに顔をしかめた。

確かに一樹は同期の中でも異例の出世を遂げていた。それが佐和子の父親の威光ゆえであることは、誰の眼にも明らかだった。それと自覚している一樹だったが、同僚の口から幾度も当てこするように言われて、面白い話題でもない。

「……つまんないこと言ってないで、さっさとすませようぜ」

午前中いっぱい、一樹は黒木と二人、担当部署でプラントのメンテナンスをしていた。ここ数日、どうも機械の調子が悪い。どうやらパイプが目詰まりを起こしているらしかった。このまま操業を続ければ、大事故になりかねない。いったん機械を停止して、上部から高圧をかけ、異物を排出しようということになった。黒木にノズルのバルブを開けてもらい、その辺にあった古い金属バケツを、排出口にひもでくくりつけた。これで詰まったゴミを受け止めようという算段である。

「あーあ、俺にだってチャンスはあったのになあ」

しつこく言いながら、黒木は指でバケツの底をはじいた。一樹はスイッチを押しかけて、ふと思いとどまった。

「おい、そこどいたほうがいいぞ」

「えー、大丈夫だろ、別に」

そう言いながらも、黒木は脇によけた。

スイッチを入れたとたん、ピストルでも撃ったような音がした。鼓膜がびりびりと震えたのがわかる。

見ると金属製のバケツに、穴が開いている。直径五センチほどもあった。そして遥か二十メートルほど先に、こぶし大の、鉄粉をタールで練り上げたような、得体の知れない物体がべとりと転がっていた。

「あっぶねえー」

しばしの沈黙の後、黒木が空気の抜けたような声を出した。

二人とも、高圧の力を見くびっていた。たかだかゴミの固まりが、空気銃の何倍もの威力で金属製のバケツを撃ち破ってしまったのである。

「……危うくおまえの土手っ腹に、大穴が開くところだったな」

「ひょえー、元城も事故報告書を書かされるところだったなあ、現場責任者としてさ」

二人して顔を見合わせ、気の抜けた笑いを浮かべた。そこへ同じ部署の桜井がひょっこりと顔を出した。

「こらこら、見てたぞ。危ないじゃないか。運良く近くに誰もいなかったからいいようなものの……。おまえら、迂闊《うかつ》にも程があるぞ」

「すみません」一樹は頭を下げた。「やはり、事故報告書は書いた方がいいですかね」

桜井はにやりと笑って首を振った。

「まあ、いいだろ。幸い誰も怪我してないし。機械のメンテナンス報告だけ出しといてくれ。あ、そのバケツはどこか眼に付かないとこに捨てておけよ」


昼休みを告げるサイレンが鳴った。

両手を丁寧に洗い、ついでに顔も洗って、事務棟に向かった。

工場内は広いので、移動には自転車を使っている。海側から風が吹いてきた。とは言っても、そこにあるのはどろりと濁った深い水たまりに過ぎない。海風に特有の、あの潮の香りなどはほとんど感じることはできなかった。それでも、操業現場にたちこめた独特の悪臭に比べれば、はるかにましだ。

一樹は深く深呼吸をした。

こうしている間にも、敷地内にある様々な工場の、無数の機械が稼働し続けている。ここはまるで不夜城だった。昼夜を問わず機械は働き続け、それぞれの稼働音が集積し、ずしりと腹に響く。

あの社宅に住まっている男たちが、この巨大な工場を動かしているのだ。三交代という勤務体制下に、ひたすら家と工場とを往復し続ける。慰労や懇親という名目で、部下が上司の、あるいは同僚同士で社宅を訪問しあうのが通例だ。同じ社宅内のこととて、どこへ行こうと家そのものはたいして代わり映えしない。ただ、社内での階級が上がるに連れて、家族の人数には関わりなく間取りが増え、家が広くなるばかりだ。

どの家にも座敷にはスピーカーが取り付けられている。緊急時の呼び出しのためだ。ときおり、火災を想定してスピーカーのテストが行われる。最初は驚いたが、じきに慣れた。いざというときには、二十四時間いつでも飛び出す覚悟である。

ときに、息が詰まりそうになる。自宅と工場とをただ往復し続ける毎日に。自分が車輪を回し続けるハムスターになったような気がしてくる。

自宅は会社につながれている。その上妻は、会社の重役に連なっている。一樹が自由になれる瞬間はまったくない。

そのせいだろうか。こうして一人になった際、ふと夢想にふけることがある。

もし、佐和子と結婚していなかったら。俺は今、どうしていただろうか?

おそらく、たいした違いはなかっただろう。今とは別の、しかし似たような社宅に住み、似たような毎日を送っていたに違いない。もちろん、出世はぐんと遅れていただろう。しかしそれとて同期の横並びから落ちこぼれるほどの無能ではないつもりだし、今よりはよほど気楽だったかもしれない。少なくとも、ねっとりとした妬《ねた》みや嫉《そね》みの対象となることはなかった。わずらわしい思いも、ずいぶん減ることだろう。

そして何より……。

佐和子とではなく、彼女と結婚していたら？

学生時代の恋人、エイミイと。

それが妻に対して裏切りにも等しい想定だとは承知していた。しかし自分でもほとんど無意識のうちに、繰り返しそのことを考えていた。佐和子と豪華な結婚式を挙げた、おそらくその直後から。

いったい彼女はどんな妻になっていただろう？　こんなとき、彼女なら何と言っただろう。彼女なら、二つのうちどちらを選んでいただろう？　様々な局面で、そう思わずにいられない。

昔つきあっていた女に、それも自分から裏切った女に、これほど心が残るとは自分でも意外だった。

――自分で思っていたほど、ドライでも野心家でもなかったということか。

やや自嘲気味にそう思う。

今となっては過ぎたこと。いくら自分にそう言い聞かせても、未練は細く長い糸となって、いつまでもいつまでも一樹にからみついてくる。

思いを断ち切るように、一樹は乱暴にヘルメットを脱いでフックにかけた。

事務棟に入ると、書類棚の上にアルミのヤカンがでんと置かれていた。自分の湯飲みを取り出し、お茶を注ぐ。昼はいつも、佐和子の持たせてくれた弁当だ。

自分のデスクについたとき、唐突に思った。

彼女なら、どんな子を産んでいただろう？

思ってから、ひどく狼狽した。佐和子と和子の顔が浮かぶ。二人とも、責めるというよりは悲しそうな表情を浮かべていた。

気まずい思いが胸にわだかまる。

のどが渇いていた。とりあえずお茶でのどを潤そうと手を伸ばしたとき、ふいに卓上の電話が鳴った。

「もしもし」

一声聞いて、佐和子だとわかった。その声は、ひどく震えていた。

電話に出たのが一樹であることを確認すると、佐和子は絞り出すように叫んだ。

「大変なの。今、お義母《かあ》さんから電話があって……和子がいなくなったって」

5

沙羅と和子は、そっと階下に降りていった。沙羅は半袖のパジャマを着ている。袖口からつきだした二の腕が、夜目にも白い。

「寒くない？」

思わず和子はささやいていた。別に、と沙羅は首を振る。

相変わらず、ウシガエルが鳴いていた。

「こっち」

沙羅は応接間のドアノブに手をかけた。ちょうつがいがかすかにきしんで、扉が開く。

この部屋だけは洋風の造りになっていた。古風な応接セットがゆったりと並んでいる。足の裏に、絨毯《じゅうたん》の毛並みが気持ちいい。

「ここ。開けたこと、ある?」

和子は黙って首を振った。よその家で——それがたとえおばあちゃんの家だろうと——勝手にあちこち開けるのはいけないことだ。そう、お母さんに教わった。

けれど沙羅はさっさと作りつけの大きな物入れの中から、ひどくかさばる物を引っぱり出した。古い大きな書物のように見えた。頑丈そうな表紙は布でカヴァーしてあり、凝った編み方の太い組み紐で綴《と》じてある。

「なあに、これ」

「アルバムよ」

沙羅はフロアライトを灯《とも》し、その弱々しい光が濡らす絨毯の上に腹這いになった。和子も真似て同じポーズをとる。沙羅が無造作にページをめくった。

和子は嬉しくなって言った。

「うちのお父さんの写真ね。家で見たことあるよ」

父親の写真なら、赤ちゃんの頃のものから両親の結婚写真まで、幾度も家で見せてもらった。ひなたに出るとまぶしそうに顔をしかめるところは、今もそんなに変わらない。和子がそんな顔をすると、お父さんにそっくりと言われる。だから和子は一人のとき、鏡の前でわざと顔をしかめたりする。

沙羅が抜き出したのは、何冊もあるアルバムの中の一冊だった。赤ん坊の頃の写真と違って、ちらほらとカラー写真も混じっている。つまり、そんなに古いアルバムじゃないということだ。

「学生時代のパパ」

沙羅は写真の人物を指さす。

「……それは私のお父さんだよ」

和子がごく控えめに抗議すると、沙羅はにっと笑ってうなずいた。

「そうだね、あんたのお父さんだ。そしてこの女の人は……あたしのママ」

沙羅が指さしたのは、父親と並んで立っているすらりとした女の人だった。ハイヒールのためかもしれないが、父と変わらないほどに背が高い。色あせかけた写真の中でさえ、その人の髪が赤みがかっていることはわかる。

「きれいな人……沙羅に似てるね」

沙羅はひょいと肩をすくめた。

「そう、あたしはママに似てるみたい。あんたもお母さん似でしょ？」

和子はこくりとうなずいた。よく人に、そう言われる。特に、小さい頃の母を知る人たちに。

「あたしたちは全然似てないね」

沙羅の言葉に、和子はまた、うなずく。あたりまえだ。自分は沙羅みたいにきれいじゃない、と思う。心臓が、針を刺されたみたいにずきりと痛む。

「ねえ。和子のママって、どんな人？」

ふいに沙羅が尋ねた。考え考え、和子は答える。

「えっとね、背はそんなに高くないよ。お料理とお洋服作るのが上手でね、虫が嫌い。優しいけど、怒るとちょっと怖いかな」

沙羅はつまらなそうに鼻を鳴らした。

「あたしのママはね、きれいな物が大好きだよ。きれいなティーカップやお皿を、とても大切にしてるんだ。古くて、貴重な品物なんだって。あたしが落として一つ割っちゃったとき、ママは怒らなかったけど、すごく悲しそうにしてた。ちゃんと謝ったら許してくれたけどね。それからバラの花が大好き。いつかあんたにあげたでしょ？　庭中バラだらけにしちゃって、お布団や洗濯物が干しにくいって自分で言ってた。虫が嫌いなんて言ってちゃ、お花の手入れはできないから、虫だって好きだよ。そりゃ、毛虫よりかは蝶々の方が好きだけどね。それから本が好きで、音楽が好き。スポーツが好きで、テニスが得意」

早口にまくし立て、沙羅はつんと顎を上げた。その動きと共に、絨毯の上の影法師がひょこりと揺れる。

「……きれいな人だね、沙羅のお母さん」

和子はふたたび同じことを言った。和子は沙羅のように、高速回転するプロペラみたいに話し続けることはとうていできない。といって、気の利いた当意即妙の相づちを打つこともできない。そんな自分がじれったくて仕方がなかった。つまらない子だと思われてやしないか、怖かった。

だから少しでも沙羅の気に入りそうなことをしたかった。ただ、どうすれば沙羅が喜ぶのかがわからなくて、それがいつももどかしかった。

けれど今回は、どうやらうまくいったらしい。沙羅は眼に見えて上機嫌になっていた。

「本当？　ほんとに、そう思う？」

「思うよ、ほんとに、そう思うよ」

こだまのようにうなずきながら、和子は少し不思議だった。沙羅のママと並んで写っているお父さんは、何だか今とは別人のように見える。とても嬉しそうだった。こんなふうに笑う父親を、和子は今までに見たことがなかった。

沙羅はいつもの魅力的な笑みを浮かべた。

「それなら、さ。会ってみたくない？　あたしのママに」

「沙羅の……ママに？」

「また後で迎えに来るよ。じゃね」

言うなり沙羅はひらりと身をひるがえし、応接間を出ていった。柔らかな足音が、遠ざかっていく。

翌朝目覚めたとき、和子は二階の和室にいた。いつの間に布団に戻ったものか、覚えていない。ただ、昨夜のことが夢でなかった証拠に、枕元にあのアルバムが置いてあった。寝床から抜け出して、そっとめくってみる。

「あれ？」

思わず独り言が口をついて出た。

ところどころ、写真が抜けている。抜けているのが、昨夜見たばかりのものであることはすぐにわかった。お父さんと、沙羅のママが並んで写っている写真ばかり。

和子は首を傾げた。沙羅が持っていってしまったのだろうか？　けれど、何のために？

ぱらぱらめくっているうちに、ようやく見つけた。男の人や女の人が五、六人で写っている中に、沙羅のママもいた。その隣には、父親の姿もある。

「あら、和子ちゃん。起きてたの？」

柔らかな声と共に、ふすまが開いた。

「おばあちゃん」和子はアルバムを抱えて立ち上がる。「ね。この人、だあれ？」

沙羅のママを指さすと、祖母はどれどれとめがねのつるを上げ、それからひどく驚いた顔になった。

「和子ちゃん、あなたいつの間にお父さんの写真……」

「ね、この人、誰？」

和子は繰り返す。祖母はほうっとため息をついた。

「……お父さんの大学のお友達よ。お父さんかお母さんが外国の人やてゆうてたなあ……。賢くて、いいお嬢さんやったけど。そやけど和子ちゃん、なんでこの女の人が気になるの？」

「ちょっとね」言葉を濁してから、和子は逆に尋ねた。

「ね、おばあちゃん、この人に会ったことあるの？」

祖母は少し慌てたらしかった。

「会うたゆうても、お友達何人かでうちに来ただけで……お母さんにいらんこと言うたらあかんで」

「どうして？」

尋ねてみたが、返事はない。

「ここにも、ここにも、ここにも……」

和子はアルバムの空白を指でなぞっていった。「この人の写真があったんだよね。お父さんと、この人の」

「さあ、どやったかなあ。それ、ずいぶん前から無くなってたみたいやから、おばあちゃん、よう思い出せんわ」大仰に首をひねってから、祖母は再び付け加えた。

「そやけど和子ちゃん。お母さんに、いらんこと言うたらあかんで」

なぜいけないのかは、とうとう祖母は教えてくれなかった。

掃除をするから、ご飯を食べたら遊んでらっしゃいと、半ば追い出されるように和子は庭に出た。家の中から、掃除機をかける音が聞こえてくる。外はひどく暑かった。和子はまぶしさに顔をしかめ、そしてこの顔は、お父さんに似ているかなと考えた。ねっとりとした暑さが不快だった。カーディガンを脱ぎ、一度戻って玄関に置いた。掃除機の音は止《や》んでいた。代わりに、蟬の声が聞こえた。

「ミンミンゼミ……ウシガエル」

和子は口の中でつぶやく。上着を脱いでもまだ暑い。何かが、とても間違っているような気がした。けれどそれがなんなのか、よくわからなかった。まるで熱があるときのように、頭がぼんやりとしていた。

風が吹いた。

思いがけず、気持ちのいい風だった。風上には、緑色の藻に覆われた池があった。平たい葉をした水草が、いくつもいくつも浮いている。ぽちゃりとかすかな水音がした。跳ねたのは蛙か、魚か……。

和子はゆっくりと池に近づいて行った。

祖母の家の敷地と、池との間には青色をした柵がある。和子の胸ほどの高さだ。

ぐしゃりと何かがつぶれる音がした。和子はびくりと立ち止まる。

柵の手前に、無花果《いちじく》の木があった。熟し切った実が、和子の足元で赤い果肉をさらけ出している。果実の甘い匂いがした。

和子が再び顔を上げたとき、柵の向こうに沙羅がいた。

「約束通り、迎えに来たよ」

池のほとりで、沙羅は言った。

「こっちにおいで……おいでよ、ねえ、和子」

沙羅が、和子の名を呼んだ。

*6*

——和子がいなくなった。

幾度も幾度も、電話口の向こうで妻はただ同じことを繰り返している。お義母さんのところから、和子がいなくなった。和子が消えた。和子がどこかに行ってしまった……。

言い募るほどにヒステリックになっていく佐和子をなだめるのに、しばらくかかった。普段はごく物静かでおとなしい佐和子が、これほど興奮したことはかつてなかった。

妻は今、どんな顔をしているのだろう?

一樹はおよそ無意味なことを考えた。佐和子の言葉にショックを受けたことは事実だが、彼女がこれほどあからさまにパニックに陥っているために、かえって変に冷静になっていた。

「……あのう」

傍らから女子社員が控えめに声をかけ、机の上にメモを載せた。

『専務から1番にお電話が入っています』とある。一樹はひとつうなずくと、妻からの電話をいきなり保留にし、点滅している1番のボタンを押した。

「もしもし。お待たせしました」

「一樹君かね」せき込むような勢いで義理の父親は言った。「佐和子から話は聞いた。仕事の方はいいから、娘と一緒にすぐ大阪に行ってくれるな」

「しかし仕事が」

「そんなものは俺から君の上司の方に言っておく」

「しかし、まだ何かあったと決まったわけじゃ……」

「しかし、しかしって何だね、君は。自分の娘だろうが。何かあってからじゃ、遅いんだよ。今日日《きょうび》は子供を狙った変質者もうろうろしてることだし」言ってから、自分の言葉に身の毛がよだったらしく、義父は声を震わせた。それからなじるように言った。「君は俺の孫娘が心配じゃないのかね。第一、娘が……佐和子がえらく動揺してる。このままほっといたら、何をするか……娘からは連絡が行ったんだろう？」

「ええ、それは」

——あなたに電話した、その後でね。

一樹は内心で毒づく。今さらながら、その事実に失望していた。

「——わかりました。すぐ、おっしゃる通りにします、専務」

早々に会話を切り上げると、ふたたび妻の電話に出た。

「今、君の親父さんと話してた」佐和子が何か口にする前に、ことさらに事務的な口調で一樹は言った。「俺のお袋は何て言ってたんだ？　詳しく教えてくれ。まず、和子がいなくなったのに気づいたのはいつのことだ？」

「十一時頃よ。お昼ご飯に何が食べたいか、和子に聞こうと思ったんですって」

保留メロディを聴かされているうちに、少し頭が冷えたらしい。佐和子の声は、ようやくいつもの調子に近づいていた。

「お袋が最後に和子を見たのは？」

「朝ご飯の後……だと思うわ。何でもアルバムを引っぱり出していたから、そんなことより外で遊びなさいってお庭に出したんですって」

「それっきり、姿が見えないってわけか」

「ええ。玄関に、カーディガンが投げ出してあったって……今日、こっちは暖かいけど、向こうは少し肌寒いんですってよ。ブラウス一枚であの子、どこに行ったのかしら。お義母さんも、何もそんな日に無理に外に出さなくても……」

愚痴になりそうだったので遮った。

「しかし、たかが庭だろう？　そんなに広いわけじゃなし……隠れられるようなとこなんか、どこにもないしな。家の中はちゃんと捜したのかな」

「ええ、それは……そうおっしゃってたわ」

「すると門から外に出たか……まあ、こうしておまえと話してても、埒《らち》があかないな。俺の方から、お袋に電話してみるよ」

「あなた……」静かに、だが毅然《きぜん》とした口調で佐和子は言った。「すぐ、帰ってきて下さるでしょ？」

「わかってる」先ほどの不快感が、ふたたび舞い戻ってきた。「電話一本入れるのに、いくらも時間はかからんよ。出かける支度の方は頼んだぞ。じゃ、切るぞ」

言うと同時に受話器を置いた。少しだけ、ほっとした。

この時点までは、一樹はさほど心配していなかった。子供がふらふらと遊びほうけて、時間を忘れることはよくあることさ。どいつもこいつも、みんな騒ぎすぎなんだ。

だが、母親の第一声は、あまりにも不吉だった。

「一樹？　かずちゃん？　今ね……今……警察の人が池を浚《さら》ってるんよ。どうしょう、一樹……」

池を……浚っているだって？

聞こえてくるのは嗚咽《おえつ》ばかりである。一樹は懸命に母親をなだめなければならなかった。

「いつの間に警察沙汰になったんだ？　それに池を浚ってるって……どういうことだよ」

自分で自分の声がひどく震えていることがわかった。

「それは、佐和子さんがすぐ警察に電話した方がいいって」

「あいつ、俺にはそんなこと一言も……まあいいよ。それで、池を浚っているっていうのはどういう……」

「向かいのお寺でな、ほら、池の向こうの……あそこで遊んでた子供がいたんよ。お巡りさんが、こんな服着た女の子見んかったかあって聞いたら、見たって。うちの家のな、柵をな、越えてるとこを見たって。それで、ひょっと眼を離したらもう、おらんようなってたって。一樹、あの子、ほんまに池に落ちたんやろか……」

次第に繰り言めいてくる母親の言葉が、だんだん遠くなっていった。体の内側が、すうっと冷える。頭だけがかっかと熱く、次の瞬間には眼の前が暗くなった。もし椅子に座っていなかったら、そのまま貧血を起こして倒れていたかもしれない。

「今からそっちに行くから……」絞り出すような思いで、ようやくそう言った。「今から行くから、家の中でも外でも、とにかくもう一回捜してみてくれないか。頼むよ……」

自宅に帰ると、妻が出かける準備を整えているところだった。

「あなた、お食事は？」

一樹の顔を見て、半ば義務的に聞いてくる。

「いや、まだ食っていないが……君の作ってくれた弁当を新幹線の中で食べることにするよ。

君の方こそ、ちゃんと昼飯は食ったのか？」

佐和子は力無く首を振る。とてもそんな気になれないということなのだろう。

いずれにせよ、食事なんてどうにでもなる。そんなことより、まず着替えだ。

和子の部屋の前を通りかかったとき、何か聞こえた。

笑い声。愉快そうな。あるいは、おかしさをかみ殺すような。

子供の。それもおそらくは少女の笑い声……。

「和子？」

引き戸を開けて、娘の部屋に飛び込んだ。同時にはっと息をのむ。

赤い髪をした少女が、ひどく嬉しそうに一樹を見上げた。

「パパ」

優しい声で、少女は言った。

「君が沙羅……なのか？」

少女はふいに身を翻《ひるがえ》すと、台所に続く板戸に手をかけた。するすると戸が開く。

勝手口と冷蔵庫と流しが見えた。

少女は軽やかに台所に駆け込み、そのまま勝手口に向かった。

「おい、待てっ」

一樹は怒鳴り、後を追った。板戸は開いたままだ。

バキンと嫌な音がした。その瞬間、体中に衝撃を感じていた。

眼の前が、もやがかかったように赤くなる……。

## 7

元城一樹はキッチンに立っていた。見慣れたはずの我が家。間違いなく同じ家、同じ台所。なのにどうしようもなく、違和感があった。

何かが焼ける香ばしい匂いが、ぷんと鼻腔をくすぐる。一樹はふいに、自分がひどく空腹であることに気づいた。

「いい……匂いだ」

「あら、いつの間にそこにいたの？」エプロンをつけた赤い髪の女が振り返った。「もう少しで焼けるわ、カズキ。ちょっと待っててね」

「エイミイ……」

深い驚きに打たれて、一樹は立ちつくす。いったいなぜ、彼女がここに？

「パパ」開けっ放しの勝手口から、赤い髪の少女が、ひょいと顔を出した。「待ちきれないんでしょ、ママのミートパイ」

甘い声で、少女は笑う。

この声……どこかで聞いた。

「沙羅？」

「なあに、パパ。どうしてそんな、怖い顔してるの？　あたしのこと、パイと間違えてがつがつ食べちゃいそうな顔してるよ」

「沙羅。和子をどうした」

「なあに、ワコって。ママ、パパが変なこと言うよ」

「沙羅、パパはおなかが空《す》いてるのよ」朗らかにエイミイが笑う。「さあ、焼き上がったわ」

彼女はグローブみたいなミトンをはめて、オーヴンの扉を開けた。——覚えている。古い、巨大なガスオーヴン。前の住人が置いていったものだ。他人が使ったものなんて気味が悪いと、越して早々、佐和子が粗大ゴミに出してしまった。

今頃はスクラップにされて、どこかに埋められているはずのオーヴンから、見事なミートパイが魔法のように取り出された。卵黄を塗った表面はこんがりときつね色に輝き、見るからにうまそうだ。

「さあ、お茶にしましょう。沙羅、お皿を並べてちょうだい」

エイミイがティーポットを取り上げ、温めておいたカップに手際よく紅茶を注いだ。眼を輝かせて見守っていた沙羅が、鼻歌を歌いながら見慣れないケーキ皿を取り出した——作りつけの、無骨な食器棚から。

振り返ってみるとそこにあるのは見慣れた食器棚ではなく、開け放された板戸だ。その向こうに、子供部屋が見える。

「さ、冷めないうちにいただきましょ」

エイミイから促されるままにテーブルにつき、切り分けられたパイが真っ先に一樹に配られる。パイにフォークを突き立てながら、一樹は考えていた。

——なんだ？　この馬鹿馬鹿しいまでの現実感のなさは。

「おいしい？」

エイミイがにっこりと微笑み、一樹は「ああ、おいしいよ」と答える。パイを口に運ぶ手をふと休め、沙羅が顔を上げてにっと笑う。

——それでいてなんだ？　リアルすぎるほどのこのリアルさは。

パイ皮は軽く、香ばしい。中の具からはじわりと肉汁がしみ出し、スパイスの複雑な香りがふわりと鼻に抜ける。

「上出来でしょう？」エイミイも、パイの出来映えには満足そうだった。「しばらく作ってなかったから不安だったけど、これならお土産にしても喜ばれるわよね」

「土産？」

「黒木さんによ。せっかくのお休みをわざわざつぶして下さるんだもの、少しくらいお礼がしたいわ」

「何の話だ？」

「いやね、この間言ったでしょう？　あの方、テニスの経験があるから、いつでもお相手して下さるって……あなたはまるっきりやらないんだもの、つまらないわ」

黒木は確かに学生時代、テニスサークルに入っていたと聞いたことがある。もっぱら女子学生とのコンパが目的だったらしいが……。

「黒木さんもね、同じことおっしゃってたのよ。奥様の佐和子さんは、スポーツを何もしない方だから、つまらないって」

「佐和子……だって？」

「ええ、確かそんなお名前だったと……カズキ、あなた、どうしたの？」

一樹はまじまじと、エイミイの顔を──妻の顔を眺めやった。赤みがかった艶のある髪は、優雅なウエーヴを描いて肩に落ちかかっている。その華やかな髪に縁取られた、白い顔。ギリシャ彫刻を思わせる、整った面立ちだった。

唐突に、一樹は言った。

「もし俺が、君と結婚していなかったら、君と沙羅はどうなっていたかな？」

「突然、何を言うの？」エイミイはひどく面食らったらしかった。それから悪戯《いたずら》っぽく微笑んで言った。「そうねえ、私はともかく、沙羅はこの世に生まれなかったことになるわね」

そうなのだ。学生時代からずっとつきあっていたエイミイ。カナダ人とのハーフだという彼女は、学内でもひときわ目立つ存在だった。しかし一樹が本当に彼女に惹かれたのは、そのナイーヴな内面だった。二つの祖国の間で揺れ動き、しかもその双方を深く愛している彼女。教養があり、そして独特の美意識を持つ彼女。たおやかで、それでいて強い意志を持った彼女。

そこらへんの薄っぺらな女の子たちなんか、問題にもならなかった。

出世という野心のために彼女を裏切って一樹は佐和子と結婚し、そして和子が生まれた。

それは同時に、エイミイと結婚していれば生まれるはずだった沙羅を、消したことになるのだろうか？

一樹はすっかり混乱していた。

まるで、訳がわからなかった。

ふいに、頭の中で何か嫌な音が響いた。

バキン。骨に伝わる、鈍い音。衝撃、痛み。そして——。

まるで、食器棚の中で茶碗同士がぶつかり合うような音が——。

## 8

「——ちょっと、今、すごい音がしたわ。どうしたの？」

佐和子の声がした。

「嫌だ、血が出てるじゃない……鼻血？」

佐和子の声は、間近に迫っていた。

「俺は……」

元城一樹はそっと顔に手を触れてみた。ぬらりとした血が指に付く。鼻の奥から血がのどに回り、わずかに吐き気がした。口の中も少し切ったらしく、ずきんと痛む。

眼の前に、食器棚の裏板が見えた。

「いったいどうしてそんなところにぶつかったりしたの？」

佐和子が当惑したように言いながら、部屋を出ていった。ほどなく、濡らしたタオルを持って戻ってくる。冷たいタオルを顔に押し当てて、一樹は混乱したままの頭で考えていた。

――何だったんだ？　さっき俺が見たものは。

娘の沙羅。妻のエイミイ。そしてきつね色に焼けた、ミートパイ。

白昼夢か？　まぼろしか？　それとも……。

「あなた……」やや苛立《いらだ》った口調で、佐和子は言った。「大丈夫？　早く出ないと和子が……着替えは用意してあるわ。お願い、急いで」

佐和子はもはや夫には任せておけないと、この場のイニシアチブをとることに決めたらしかった。

「あ、ああ。すまない。ちょっと動揺してて……」

それはまったくの真実だった。佐和子は優しく、いたわるように言った。

「大丈夫。あの子はきっと無事よ。今頃はもう、見つかってるかもしれないわ」

それは一樹よりはむしろ、自分自身に言い聞かせていたのかもしれない。

新幹線の中で、機械的に弁当を食べた。佐和子は小さいサンドイッチを買ったが、少し口にしたきり、テーブルに置いてしまった。のどが渇くのか、ジュースにばかり幾度も手を伸ばす。

「もし俺が君と結婚していなかったら……」唐突に、一樹は言った。「和子はこの世に生まれていなかったことになる、な」

佐和子がカタンとテーブルにジュースを置いた。

「何を言っているの？　どうして今、そんなこと言うの？」

不安そうな面もちの妻に、「いや」と一樹は首を振る。

子供とは……いや、人間とは、なんと危うく、曖昧《あいまい》な存在なのだろう。たかだか一個人の、みみっちい計算や選択に、なぜこれほどに大きく左右されてしまうのだろう。

和子。そして、沙羅。

いったい今、何が起ころうとしている？

和子。おまえはいったい、どこにいるんだ？


実家に戻るのは久しぶりだった。

いや、そんなはずはない。つい数日前、和子を母親に預けに来たじゃないか？

なのにどうして、この家はこうもくすんで見えるのだろう。母親はどうしてこうも年を取って見えるのだろう。

「お義母さん」一樹が何か言うより先に、佐和子が母にむしゃぶりついていった。「和子は……和子は？」

母親はおろおろと、嫁と息子の双方を見やった。

「お巡りさんが言うには……池に落ちたんじゃないらしいて……」

「池に落ちた？」佐和子が悲鳴を上げるように叫んだ。「池って何です？　あの子が落ちたの？」

「ああ、母さん。その話は佐和子にはしてないんだ……ちょっと落ち着いて話を聞けよ」

後半は妻に言い、それから一樹は母親に念を押す。

「確かなんだな、池に落ちたわけじゃないってのは」

「お巡りさんや近所の人らが大勢で、かずちゃんらが来るちょっと前までずっと捜してくれてたし、あんな浅い池やし……」

確かに隣の池は、決して大きくも深くもない。和子の身長でも、せいぜい膝くらいまでしかないのではないか。しかも和子はほんの数メートルとはいえ、泳ぐことができる。乳幼児ならともかく、小学校三年生の子供が、五十センチ程度の水深で簡単におぼれるとはちょっと考えにくい。

一樹はほっとため息をついた。少なくとも現状で考えられる最悪の可能性が消えたことに、心から安堵していた。しかし一方で、非現実的きわまりない可能性がちらちらと顔を覗かせる。

――もしや。沙羅が何か……。

「あのう、かずちゃん」母親がおどおどと切り出した。「今、警察の方が見えてるんよ。かずちゃんや佐和子さんからも話が聞きたいて……」

「わかった」

短く答え、佐和子の肩を抱くようにして応接間に向かう。彼女には池の話がよほどショックだったのか、放心したように黙りこくったままだ。

廊下の壁には近所の酒屋の名前が入った鏡がかけてある。小柄な母が見やすいようにと、手前に倒すようにして、少し斜めにかけてやったのは他ならぬ一樹自身だ。その鏡に、ちらりと何かが映った。ほんの一瞬だったが、確かに映った。

赤い服を着た、赤い髪の子供……。

一樹の鼓動は速まった。もちろん、廊下にそんな子供はいやしないのだ。

首を振りながらドアを開けた。ソファには警官が二人、落ち着かなげに腰を下ろしていた。

「ご両親ですね」二人のうち、やや年上と思われる方がてきぱきと切り出した。「娘さんのことは、さぞご心配でしょうね。現在五時少し前ですから、最後に目撃されてから九時間ほど経過しているわけです。お子さんの年齢を考えると、自分の意志で姿を消しているにしてはちょっと長すぎますね。おなかも空いているでしょうし……」

「可哀想に……」

佐和子の瞳から、早くも涙があふれ出す。

「もちろん、どこかで迷子になっている可能性もありますがね。ただ、今のところ近くで該当する女の子が保護されたという報告はありません。我々としては、事件、事故の双方を念頭に置いて……」

「事故って、しかし池に落ちたわけでないことははっきりしたんだろう？　もし交通事故なら、すぐに警察の方に報告が行くんじゃないんですか？」

「ええ、それはその通りですが、中には事故を隠蔽《いんぺい》するために被害者を連れ去る悪質な例もありますからね」

佐和子が小さく悲鳴を上げた。警官はやや気まずそうな顔をして、わざとらしく咳《せき》払いをした。

「まあとにかく、少しでも早く見つけだすために、ご協力をお願いします」

「それはもう……」

一樹と佐和子はそろって頭を下げた。若い方の警官が手帳を広げる。型どおりの質問の後、勤め先を聞いて彼は顔を上げた。

「大企業ですね。すると身代金目的の営利誘拐の可能性も……」

「まさかそんな。たかだか一介のサラリーマンですよ、貯金だってそんなに……」

「私の父が同じ会社の専務なんです」

ふいに佐和子が口を挟んだ。一樹は余計なことをと思ったが、先方は興味を抱いたらしかった。

「ほう。やはり誘拐の線も、あり得そうですね」

「よして下さいよ、馬鹿馬鹿しい」一樹は声を荒らげかけて、やっとのことで思いとどまった。「……とにかく、自分たちでも娘を捜したいんだが、もういいですかね?」

「そうですね、現状では我々にできることにも限りがあるし……ただ、何かあったらすぐに連絡を下さいよ」

そう念を押して二人は帰っていった。引き続き、捜索や聞き込みに当たってくれるのだという。それ自体にはむろん感謝していたが、しかし彼らには決して和子を見つけることはできないという思いが一樹にはあった。

佐和子がすがるような眼で一樹を見ていた。

「君は家の中や庭をくまなく捜してみてくれないか……お袋がもう何度も捜してくれたことはわかってるが、母親の君がもう一度、違う眼で見た方がいいかもしれない。俺は家の外を捜してみるから」

家の周辺なら、土地勘のある一樹の方が適任だと考えてのことである。

「わかったわ」

どこかほっとしたような表情で佐和子はうなずいた。彼女は誰かに与えられた仕事なら、てきぱきと上手にやってのけるタイプだ。

佐和子が部屋を出ていくと、一樹はふと思いついて物入れの扉を開けた。確か母親は、電話でアルバムがどうとか言っていた。一番上になっていた一冊を抜き取ってみる。

ぱらぱらめくってみて、一樹は何か説明しがたい違和感を感じた。

そのアルバムは完璧だった。すべての写真が、きれいにそろっている。佐和子と結婚する前に、抜き取って処分したはずの写真さえ。

一樹はページの間から、一本の髪の毛をつまみ上げた。ゆるくウエーヴのかかったそれは、明るい茶色だった。もし太陽の光が当たれば、赤っぽく見えるかもしれない……。

「沙羅」

思わずその名を口にしていた。すると背後で何かの気配がした。

「——なあに？　パパ」

沙羅が答えた。この上なく愛らしく、そして天使のように無邪気な口調で。

*9*

振り向くと、眼の前にノースリーブのワンピースを着た沙羅が立っていた。

「——沙羅。和子はどこだ。和子を返せ」

「ワコってなあに？　パパったら、また変なこと言ってますねえ。おっかしいんだ」沙羅はまるで幼児をあやすように言った。「それよりかさ、急いだ方がいいんじゃないの？　これ、ママから預かってきたよ」

差し出されたのは、新幹線の切符だった。日付は八月になっている。

「上司の人から呼びつけられたんでしょ、トラブルがあったからすぐ帰れって。せっかくの夏休みだったのに、大阪まで追いかけられるなんて、可哀想なパパ」ひどく大人びた口調で言ってから、沙羅はごく何気ないふうに付け加えた。「電話かけてきたの、あたしと同じ組の子のお父さんでしょ？　黒木君。あいつ、やな奴なんだから。あたしの体操着や教材がみんなと違うのを、からかうんだよ。ばっかみたい。お父さんもやっぱり威張ってて、やな感じ」

「黒木って、あの黒木か？　あいつが俺の上司……」

終いの方は独り言になる。

いったいこの世界はなんなんだ？

体操着や教材が人と違うって？　和子を転校させたとき、佐和子は細々したものまでちゃんと学校指定のものに買い換えていた。大した違いがあるわけじゃなし、もったいない――そう一樹は主張したのだが。

「早く行かないと、新幹線に遅れる」悪戯っぽく沙羅がウィンクする。「そんなに心配しなくっても、ママとあたしもすぐに帰るから。ここ、カエルの声がうるさくって、よく眠れないんだもの。じゃあね、パパ。行ってらっしゃい」

――俺はいったい、何をしているのだろう？

新幹線の中で、また会社に向かう道々で、一樹は幾度も自問した。だが、沙羅が行けといったのだ。少なくとも今は、沙羅に従うより外なさそうだった。

「よお、元城。悪かったな、休み中に呼び出して」

会社に着くと、ちっとも悪いとは思っていない顔で黒木は言った。

「実はさ、おまえがいない間、一号機の管理責任者を代わることになってた矢沢がさ、盲腸で入院しちゃったんだよ。それでやむなくね」

しゃあしゃあとした口振りに、一樹はややむっとした。

「何言ってんだ。おまえだって一号機は担当できるだろうが」

「俺は明日から夏休みだ」

「夏休みねえ」

一樹は皮肉っぽく肩をすくめた。

「何か文句あるか？」

「いいや、別に……」

「ならいいけどさ。前から言おうと思ってたんだけど、いくら同期だからってその口のききかたはないんじゃないのかな。俺はおまえの上司なんだぞ」

ジョウシ……上司？　沙羅から聞いていたにもかかわらず、意味を呑み込むのに、数秒かかった。

最悪だ。一樹は内心で毒づいた。なんでこんな奴が上司なんだよ？

「ああ、そうそう。奥さんは一緒に帰ってきたの？」

「いや……」

「絵美さんに伝えといてくれよ。この間のパイ、うまかったってさ。うちの佐和子もぜひ作り方を教わりたいって言ってたぞ」

「うちの佐和子……だって？」

　一樹は小さくつぶやく。不愉快だった。なめくじに首筋をはわれたように、ひたすら不愉快だった。

　黒木はどこか嬉しげに言った。

「しかしなあ、彼女もいい女だけど、社宅向きじゃないよなあ……気をつけたほうがいいぜ、君の奥さん、ＰＴＡだの子供会だのでは、あまりよく言われてないんだぜ。これは親切で忠告するんだけどさ」

「何が悪いって言うんです？」

　わざと口調を丁寧にしてみた。黒木は敏感に反応して、ニタニタ笑う。

「ＰＴＡ会費の支出が不明瞭だとか、先生に付け届けをするのはおかしいとか、まあそういう正論を堂々と主張するわけよ。彼女らしいって言えばらしいんだけどね。いつもはおとなしそうなくせに、いざとなると気が強いんだよな。いつかもさあ、みんなでおまえんち行ったとき、製造部長が酔っぱらって、風呂に入ってる沙羅ちゃんを覗いたろ？　あのとき彼女、部長相手に血相変えてくってかかってたっけなあ……たかが子供じゃないか、なあ。みんなびっくりしてたぜ。やっぱり外人の女は強いなあって」

「彼女はハーフだし、日本人だ」

「あれだけ毛色が違えば同じようなものさ。他にもいろんな意味で、彼女浮いてるよ、はっきり言ってね」

いい女なんだけどさあと、黒木はしつこく言ってニタニタ笑った。

こいつのにやけ面をひっぱたけたら……いっそのこと、殺してしまえたら、どんなにすっきりするだろう。

いつの間にかそう考えている自分に気づき、一樹はぎょっとした。

「ああ、そうそう。今晩、奥さんがいないなら、うちで晩飯を食っていけよ。部下の面倒を見るのも、上司のつとめだからな」

露骨に恩着せがましく言う。

即座に断ろうとしかけて、ぐっと思いとどまった。こちらの世界の佐和子に、一度会っておきたかった。

「ああ、それは気を遣わせちゃって……ぜひお願いしますよ。楽しみだ」

一樹の言葉は、あるいは少し震えていたかもしれない。

ある程度覚悟はしていたものの、やはり一樹は佐和子を眼の前にして、強いショックを受けた。

「いらっしゃい。お待ちしてました」

完璧に他人に対する愛想の良さで、佐和子はにこやかに笑った。

「こんばんは。突然お邪魔してすみません」

それだけの挨拶を返すために、ありったけの自制心となけなしの演技力とを総動員しなければならなかった。

「お酒は先にお出しした方がいいんでしょ」

佐和子が夫に——黒木にそう聞いている。いつもは一樹に対して向けられる台詞《せりふ》だ。

客用座敷の卓の上には、すでに幾種類ものつまみが用意されていた。乾きものやチョコレート、ポテトチップス……。こうした保存の利くつまみ類は、社宅生活では常備すべき必需品なのだ。もちろんその他にも、野菜や卵を使った見栄えの良い品々が並べられている。タイミング良くおしぼりが差し出され、頃合いを見計らって食事が運ばれる。なすの揚げ浸し、さといもの煮付け、小魚や野菜のフライ……。決して贅《ぜい》を尽くした料理ではないが、味は確かだし酒にも合う。佐和子には確かに、人をもてなす才が備わっていた。

だいぶ酔いも回ってきた頃、隣室で電話が鳴った。佐和子が応対する声が聞こえてくる。かなり砕けた口調だった。やがて彼女がそっと顔を出して言った。

「あなた……お電話だけど……」

おそらく佐和子の父親だろうと見当をつけた。義父は——〈こちら側〉では赤の他人だが——娘と話した後、かならず亭主にも替われと言ってくる。少々聞こし召している場合が多い。

「あ、ああ」妻の様子から相手を察したのだろう、黒木はそそくさと立ち上がった。「悪いね、ちょっと待っててくれないか。佐和子、お相手を頼んだぞ」

言い残して出て行った。

隣室で会話が始まると、ふいに佐和子が居住まいを正した。

「あの……元城さんにお願いしたいことがあるんですが。その……奥様のことで」

「女房の？」

それがエイミイのことを指すと気づいたのは、数秒後のことだった。

「あの、主人をテニスに誘うのを、止めていただきたいんです」

「それはどういうわけで？」

やや気圧《けお》されて、一樹は尋ねた。

「ご存じじゃないんですか？　社宅中で噂になってるんですよ、奥様と……主人のことが」

一樹は呆気《あっけ》にとられた。

社宅の奥様連中の噂好きには、〈あちら側〉の佐和子もうんざりしていた。彼女たちときたら、あらゆることを知っている。そして尾ひれを付けて、いたるところにまき散らす。

エイミイと黒木が二人でよくテニスをしているという事実は、奥様連にとっては恰好の話題となっているらしい。

「失礼だが、馬鹿馬鹿しいですね。たかがテニスじゃないですか。何もそんな……」

「でも……奥様が主人を誘惑してるって」

「誰がそんなことを」

決まっている。当事者は二人きりだ。エイミイが言ったのでなければ、残りは一人しかいない。

「黒木……さんですね」低い声で、一樹は言った。佐和子は肯定も否定もしない。「あなたはそれを信じてるんですか？」

ためらうような沈黙があった。隣室の黒木が、いかにもお追従《ついしょう》といった笑い声を上げた。

やがて佐和子は言った。

「——百パーセント信じているわけじゃ、ありません。主人はああいう……人ですから。ご存じでしょう？　あの人はあなたが羨《うらや》ましいんですよ」

「羨ましい？　何が？」

「だって奥様あんなにおきれいで。女の私が見てもやっぱり羨ましいわ」

佐和子は少し寂しげに吐息をつく。

「……あの男はきっと、僕があなたと結婚していても、羨ましがったでしょうよ」

まったくの事実である。だが、奥方を眼の前にして言う台詞ではなかった。嫌な顔をされるかとも思ったが、案に相違して佐和子はあっさりとうなずいた。

「そうかもしれません。あの人は、そういう人ですから」

一樹は慌てて首を振った。

「いや、人間なんてみんな、多かれ少なかれそんなものですよ」

自分自身に対してさえ、ややもすると愚かしい嫉妬心を抱く——あり得たかもしれない、別な人生を送る自分に。

「もし……」

「はい？」

佐和子が小首を傾げた。

一樹は自分が口にしかけた言葉に、自分で驚いていた。

——もし、あのままあなたとの見合い話をすすめていれば……。

何のことはない、それこそが、現に自分の選んだ道ではないか。

何が現実で、何がそうでないのか、その境界線がどんどんぼやけていく。

「いや、つまらないことです。あなたみたいな女性を嫉妬させる黒木が、ちょっと憎らしくなりましてね」

およそ馬鹿げた台詞。しかし、佐和子はうっすらと微笑んで言った。

「嫉妬じゃありませんわ。ただの、プライドです」

一樹が絶句したとき、黒木が戻ってくる足音が聞こえてきた。佐和子の顔は、瞬時にして、客と世間話をしていた女主人のものになる。

「いやあ、悪い悪い。ちょっと仕事の話が長引いちゃってね」

黒木が戻ってきた。さあ飲み直そうと、ウイスキーのボトルを掲げる。

一樹は黙ってうなずいた。

もう少しだけ、酔いたい気分だった。


ねじ込み式の鍵を回す音が、静けさの中でやけに大きく響く。明かりのついていない我が家は、まるで空き家のようだった。

戸を開ける瞬間、何となく予感があった。

玄関の上がり框《がまち》の上に、沙羅が両膝を抱えて座っていた。

「お帰り、パパ」

「……ただいま」

いつもの習慣通り、脱いだ上着をハンガーに掛け、書類鞄をタンスの脇に置く。ネクタイをほどき、靴下を脱いで洗濯機に放り込む。

その間ずっと、沙羅は子犬のように一樹の後に付き従っていた。

沙羅もまた、間違いなく自分の娘なのだという、奇妙な実感があった。今となっては、沙羅が心から愛しくさえあった。だが、自分が選んできた人生では、我が子と呼べるのは和子一人きりなのだ。

何としても、和子を取り返さねばならなかった。何としても。

「沙羅、君と話がしたい」

穏やかに、一樹は言った。

こくりと沙羅はうなずき、ゆっくりと縁側に向かった。ガラス戸を開け、小さなサンダルを引っかける。一樹も黙って後に従った。

夜の中に、ふわりと甘い香りが漂っている。

「秋咲きのバラが、もう咲きかけてる……ママが喜ぶだろうなあ……一生懸命世話をしてるから……」

沙羅が独り言のようにつぶやいた。

「沙羅……君はいったい、何なんだ？」

沙羅は低い声で笑った。

「わかってるんでしょ、パパ。パパにとって、あたしは生まれなかった子供。生まれるはずだった子供。和子の存在と引き替えに、消えてしまった子供……」

一樹はごくりとつばを飲み込んだ。

「沙羅。君はなぜ、和子や俺の前に現れたんだ？」

「……それもわかっているんでしょう？　パパ。何もかも全部、パパのせいなんだから。あたしのパパと、和子のパパ――いつだってパパたちは、自分が手にしなかった方を欲しがった。いつだって、後悔してた。だから二つの世界が、引き寄せられる。ねじれて、つながるの。二人のパパが共有している空間で。この家もそう、おばあちゃんのところもそう。パパたちが揺れ動けば動くほど、あたしたちの存在は曖昧になる。あたしたちは希薄になっていく――あたしと、和子と。和子がいなくなったのは、だからあたしだけのせいじゃない」

沙羅は指先で、バラのつぼみをもてあそんだ。

「ねえ見て、パパ。この枝には五つもつぼみがついてるでしょ。きれいな花を咲かせるためには、一つだけ残して摘み取らなきゃいけないんだよ……こうしてね」

摘み取った四つのつぼみを、沙羅は夜のどこかにまいた。そして鋭い眼で一樹をきっとにらみつけた。

「ほら、パパはそうやって、捨てたつぼみのことをいつも気にしてる。いつも、いつも、いつもいつもいつも」

「どうすればいい？　どうすれば、和子を返してくれる？」

沙羅はひどく思わせぶりに、ゆっくりとまばたきをした。そして言った。

「――それじゃ、あの男を殺して」

## 10

「――黒木のことか？」

一樹が思わずその名を口にすると、沙羅は勝ち誇った笑みを浮かべた。

「ほうら、やっぱりパパだってあの人のこと嫌いなんでしょ。でもあたしのパパはもっと深刻だけどね。少しは想像がついてると思うけど、もう駄目、もう限界なの。きっともう少しで崩れてしまう……パパを助けるためには、あの男を消しちゃうしかないの。簡単でしょ、ねえ、パパ」

「……俺に、そっち側で黒木を殺せと？」

沙羅は無造作に首を振った。

「ああ、それは無理。パパはこっちには来られない。パパだけじゃなくて、生きた人間は誰もね。二つの世界を行き来できるのは、あたしと和子だけ」

「しかし現に俺は今……」

「パパたちのは別。意識だけが移動しているの。そう、あたしがやったわ、何度もね。簡単だったわ。パパたちはお互いに引き合ってるから……いつだって、替わりたがっていたから」

「それならどうしろって言うんだ」

「ねえ、気がつかなかった？　二つの世界は季節がずれているの。和子がいるのは春。そしてあたしがいるのは去年の夏……パパから見ればね。これがどういうことか、わかる？　パパは未来を知っているの。いつ、どこでどういうふうにすればあいつが事故死するか、パパはすっかり知っているの。それをあたしに教えてくれるだけでいいの。ね、ほんとに簡単でしょ？」

沙羅は小さな魔女のように微笑んだ。

考えるより先に、事故という言葉に一樹の頭が反応した。いつぞやの工場でのアクシデントが浮かんできたのである。一号機のメンテナンスをした際の、肝を冷やすような出来事。

一樹の表情の変化を読んだのだろう、沙羅はにこりと笑った。

「ほうら、心当たりがあるんでしょ？　それを教えて」

バラの香りが、心持ち強くなる。一樹は長い間、そこに立ちすくんでいた。心臓の鼓動が速くなり、めまいがしそうだった。

一樹はそっと、深呼吸をした。肺に満ちる花の香りで、むせかえりそうだった。

やがて、吐息のように一樹は言った。

「——それは……駄目だよ、沙羅」

「どうして？」

「どうしても。できないことは、できないんだよ、沙羅」

「和子が二度と戻って来なくても？」

「和子は俺が絶対に連れ戻す。この取引はなしだよ、沙羅」

沙羅はしばらく、傷つけられたような表情で一樹をにらみつけていた。やがて、唇をゆがめた。笑っているようだった。だが、次の瞬間には、その瞳からぽたぽたと涙があふれ出していた。

「ずるいよ」

そう叫んだ沙羅の声があまりに悲痛だったので、一樹は胸を突かれた。

「ずるい？」

「だってそうじゃない。あんただって、パパと同じ思いをするべきだよ。でなきゃ、パパが可哀想すぎるよ」

「何のことを言ってるんだ、沙羅？」

少女の突然の涙に、一樹はひどく狼狽していた。

「自分で見てみればいいじゃない」

言い捨てて、沙羅はガラス戸に手をかけた。そこには客間がある。中は暗くてよく見えない。重い音を立てて、ガラス戸は開いた。

何かがそこに、うずくまっているのが見えた。一樹はじっと眼を凝らし、そしてはっと息をのんだ。

客間の上座に、男が倒れていた。

「あいつだよ……もう、死んでる」

沙羅の声は乾いていた。

「……なぜ？」

「あいつがママのことでひどいことを言ったんだよ。あたし、隣の部屋の箪笥《たんす》に上って、欄《らん》間《ま》から覗いてたんだ。パパはあいつを殴ったの。一回だけ。そしたらあいつは転んで……床の間の柱に頭をぶつけたんだ。ねえ、パパ。人間ってさ、あんなに簡単に死んじゃうんだね」

一樹は呆然と立ちすくみ、低いうめき声を上げた。沙羅が不安そうに聞いてくる。

「ねえ、あたしのパパはどうなるの」

「……おそらく、牢屋にはいることになるだろうな」

どんな状況であれ、殺人は殺人だ。

「そんなのやだ！」沙羅がほとばしるような叫び声を上げた。「やだよう、やだ。可哀想だよ、パパとママ……」

一樹は途方に暮れて、顔を覆って泣き出した沙羅と、もはや動かない死体とを交互に見やった。

何とかしなければ。何とかしてやらなければ——混乱した頭で、それだけを考えていた。

「——大丈夫だよ、沙羅」やがて一樹は言った。優しく少女の頭を撫でながら。「大丈夫、俺がちゃーんと片づけてやるから」

「でも……でも、どうやって？」

嗚咽の合間に沙羅が聞く。

「埋めるんだ……〈こちら側〉で……俺の世界でね」

「駄目だよ。言ったでしょう、行き来できるのはあたしと和子だけだって」

「生きた人間は、だろう？　君は和子に、木苺やバラの花をプレゼントしてくれたよな。死んだ人間は、木の実や花とおんなじだよ。きっと、運べる」

沙羅は涙に濡れた大きな眼を見開き、一樹をまじまじと見やった。

「知ってるかい？　死体さえなければ、殺人罪ってのは成立しないんだよ。おかしな話だけどね」

　一樹は言い、内心で考えた。逆はどうだろう？　死体があっても、当の本人がぴんぴんしている場合は。いったいどうなるのだろう？

　そのとき、客間に取り付けられたスピーカーから耳障りな音が漏れた。雑音はやがて、強《こわ》ばった男の声になる。

「緊急事態。緊急事態。第一工場で爆発事故発生。繰り返す。緊急事態。緊急事態……」

「大変だ、うちの工場だ……」

　正確には、沙羅の父親が勤める〈あちら側〉の工場である。

　昨年の夏、そんな事故は起きていない。並行して存在していた二つの世界は、今、どんどん遠ざかり始めているらしかった。

「怖いよ……」

　すっかりおびえてしまった沙羅を、一樹はぎゅっと抱きしめた。生まれなかった娘。生まれていたかもしれないのに、一樹が消してしまった少女を。

「さあ、沙羅。急ごう。君の父親は、急いで工場に駆けつけなきゃならないんだよ」

## *11*

数ヶ月が経過し、夏になった。庭には蕗《ふき》や茗荷《みょうが》が生い茂り、枇杷の木は熟れ過ぎた実をぽとりぽとりと地面に落とす。

その根元深くに、名無しの死体が静かに眠っている。

もし次に転勤を命じられるようなことがあったら、もう一度掘り起こし、骨をハンマーで粉々に砕いてしまおうと思っている。そして骨粉を庭のあちこちに分けて埋め直し、すべては終《しま》いだ。

埋めた死体のご当人とは、毎日会社で顔を合わせている。黒木にはなにやら申し訳ない気もする。彼の皮肉ややっかみは相変わらずだが、別段どうということもない。

そして和子は……。

あの恐ろしい夜のことを、一樹はとうてい忘れることはできないだろう。一晩中かかって、一樹は深い深い穴を掘った。その作業の間中、和子のことが心配でならなかった。ちゃんと帰ってきてくれるだろうか？　もう一度、あのはにかんだような笑顔を見せてくれるだろうか……。

すべてが終わったとき、一樹は眼を閉じて深いため息をついた。背中を汗がぐっしょりと濡らしていた。長時間の作業で、体中がぎしぎしと痛かった。ほとんど倒れるようにして、地面に座り込んでいた。

——ありがとう。

夜風の中で、確かに沙羅の声を聞いた気がした。バラの香りが一瞬漂い、そして溶けるように消えた。辺りの風景がぐにゃりと揺れる。自分も含めた何もかもが、折り畳まれ、くしゃくしゃにされたような気がした。

軽い吐き気と、めまい。まばゆい光。たまらず一樹は眼を閉じる。

鼓膜に無数の音がこだまする。蟬の声。ウシガエルの声。風鈴の音。少女の笑い声。

一樹はそっと眼を開けてみた。細かい花びらが、吹雪のように一樹の頭に降り注いでいる。

次の瞬間にはそれは、本物の雪に変わる。一樹の頰に触れて、溶けて、流れて……。

——消えた。

ふいにいっさいのざわめきが止んだ。頭の奥に、わずかにしびれたような感じだけが残っている。数度首を振ると、それも消えた。

座り込んだ一樹の両手に触れているのは、湿った土ではなく、柔らかい絨毯だった。そっと眼を開けると、そこは自分の実家だった。

——そして眼の前には、膝を抱え、胎児のように丸くなった和子がいた。うっとりと眼を閉じて、眠っているように見えた。

「和子」

娘の両肩を抱き、そっと揺すった。和子の白いブラウスに泥が付いた。慌ててそれを払い落とすと、和子は薄く眼を開け、とろんとした表情を見せた。

警察や近所の人たちには、「ずっと戸棚の中で眠っていた」と説明し、平謝りした。佐和子も母親も泣くやら笑うやら、大騒ぎだった。

和子自身は、何も覚えていなかった。ただ、三人の顔を順番に見つめ、それから「おなかが空いた」と言った。佐和子は笑いながら泣き、母親は泣きながら笑った。

あの新聞記事を見つけたのは、夏になったばかりの頃だった。佐和子に頼まれて、物置から扇風機を取り出しているとき、ふと壁の一部に新聞紙がべたりと貼ってあることに気づいた。節穴をふさぐために、誰かが貼ったものらしい。日付は一年ほど前のものだった。既に変色し、ぼろぼろになっているその紙面に、見慣れた会社名を見つけた。見出しは『爆発炎上——燃料タンクに引火か?』『重軽傷、不明者も』とある。

それは間違いなく、〈あちら側〉の新聞だった。

記事を読んでみると、行方不明者として扱われているのはなんと黒木だった。事故はおそらく、黒木の勤務時間中の出来事だったのだろう。そのとき工場内にいなかったことを知る者は、誰もいなかったのだ。二人の一樹と、沙羅の他は。

燃料タンクに引火しての爆発ならば、想像を絶する高温の火災が、しかも長時間続いたに違いない。遺体が骨も残さず燃えてしまったとしても、さして不思議ではないのだ。

だが、〈あちら側〉の一樹は、決して忘れることはできないだろう。人を殺してしまったという事実を。そして自分が殺した男の、妻子の存在を。

それは〈あちら側〉の一樹が、〈こちら側〉の一樹と共に、生涯背負い続けなければならない十字架だ。

もろくなっていた新聞紙は、一樹が触れただけでぽろぽろと崩れて散った。もしかしたらそれは、〈あちら側〉から沙羅がわざと送ってよこしたものなのかもしれない。

後日、妻に聞いてみた。

「もしさ、仮にだよ、俺が工場の事故で死んだら、おまえ、どうする?」

佐和子は怪訝《けげん》な顔をして、それから人の悪い笑みを浮かべて見せた。

「そうね、会社からがっぽり慰謝料を取って、保険金ももらって、それから和子と二人、強く優雅に生きて行くわ」

「再婚はする?」

「するかもよ」すました顔で佐和子は言った。「会社とも社宅とも全然関係ない、素敵な人が現れたらね」

本音とも冗談ともつかない口振りだった。佐和子としてはたぶん、縁起でもない話を持ち出した配偶者への、精一杯のしっぺ返しのつもりだったに違いない。が、実際にことが起こった場合の、限りなく精緻《せいち》な未来予知なのではないかとも一樹は思う。

おそらく、どちら側の佐和子も、それなりの鬱屈《うっくつ》は抱えているのだ。そして今、〈あちら側〉には、すべてから自由になった佐和子がいる。夫や父親の会社、そして社宅という枠組みや制度から、外の世界に飛び出したであろう佐和子が。

そのときの彼女の顔を、見てみたい気がした。きっと、今までに見たこともない表情をしていることだろう。

「いつか……社宅を出て、家を買おうな」

一樹がそう言ったとき、その発言がいかにも唐突だったにもかかわらず、佐和子はこぼれるような笑顔を見せた。

その顔が、とてもきれいだと一樹は思った。


さて、和子はと言えば、新しい学校にも友達にも、すっかり慣れたようだった。まだ多少のぎこちなさは残るものの、土地の言葉も使いこなしている。肌の色も見事な小麦色に焼けた。友達と一緒に庭の木に登るおてんばぶりを発揮したりして、佐和子をあきれさせていた。

しかし一樹は気づいている。

今でもときおり、和子は部屋の暗がりや、庭の片隅に、沙羅の姿を探すことがある。そんなときに一樹と眼が合うと、和子はあの、はにかんだような笑顔を見せる。

和子もまた、決して沙羅のことを忘れてはいないのだ。

だが、沙羅が和子の名を呼ぶことはたぶん、もう二度とない。

# 解説

## ミステリにいたる呪文
## ——魔女っ子朋ちゃんの冒険

本島　幸久

1

百花繚乱たる現代ミステリ界において、その個性を発揮して支持を得ている実力派の作家達は皆、独自の作品世界に瞬時に読者を引きずり込む〃切り札〃を持っている。京極夏彦の〃妖怪〃しかり、西澤保彦の〃超常現象〃しかり。そして、加納朋子は〃呪文〃を使う——。

この場合の呪文とは、その意味よりも音感にこだわって選択《セレクト》され巧妙に配置された言葉の連なりのことである。わかりやすい例として、漫画やアニメのいわゆる〃魔法少女物〃を思い起こしてもらうと早い。普通の少女である主人公がこの呪文を唱える時、そこには劇的な変化が訪れる。大人や動物に変身したり、天変地異を起こしたり……。この見せ場を彩る呪文が、らしくなかったら台無しだ。その点で名作と呼ばれる作品の呪文は、〃マハリクマハリタ〃でも〃テクマクマヤコン〃でも〃ピピルマピピルマプリリンパ〃でも（どれが何の呪文かは誰かに聞いて下さい）、舌の上で転がした時にその音感が心地良い。そしてその音感の良さこそが、これから何かが起こると予感させるのだ。優れた詩人やアーティストの様に、心に残る音感で言葉を組み立てられる才能は、問答無用で受け手をその世界に引き付けることができる。加納朋子はそんな音感＝呪文の効力を存分に理解し、発揮させている作家なのだ。

そもそも彼女が音感にこだわっているのは、デビュー作『ななつのこ』の題名《タイトル》からして明らかだ。僕もこの作品を書店で見つけた時、「七つの子」と意味付けするより先に口の中で発音していた。わざわざ平仮名表記にした作者の術中に見事に嵌り、その音感の良さに何かあると感じて、手に取ってレジに向かったわけである。その音感へのこだわりは作品中にも随所に見られ、第三作『掌《て》の中の小鳥』ではこんな場面《シーン》がある。

「いい？　コバルト・ブルー、セルリアン・ブルー、ウルトラマリーン」
「ウルトラマン、ウルトラセブン、ウルトラマンタロウ」
次々に銀色のチューブを並べてみせる彼女に、僕は軽口を叩いた。容子は軽く叱る目つきをし、「ターコイズ・ブルー、プラッシアン・ブルー、インディゴ・ブルー、パーマネント・ブルー。ね、一口に青っていっても、たくさんあるんだから」

ここで連ねられた青の音感の心地良さは、そのまま恋人同士の親密さの表現となっていて見事だ。加納朋子の作品群には、そんな彼女のこだわりで選び抜かれた心地良い言葉たちが共鳴し合い、常に心に響くリズムが流れている。もちろん、彼女がミステリマインドに溢れた稀代のストーリーテラーである事は言うまでもないが、この独特のリズミカルな文体が個性として光り、作家としての存在をより際立たせているのだ。

しかし、このくらいで加納朋子が〝呪文〟を使うとはオーバーだと思われる方も多いだろう。その通り。先述した〈劇的な変化〉を起こす呪文――それを初めて駆使して新境地を目指したのが、本書『沙羅は和子の名を呼ぶ』なのだ。

## 2

本書は一読してわかる通り、共通のテーマで書かれた短編集である。そのテーマを端的に示したのが巻頭を飾る「黒いベールの貴婦人」だ。写真が趣味の大学生優多が、夏休みの暇を持て余して近所を撮影しているうちに廃屋と化した病院に迷い込む。そこで出遭った十二歳の少女〈れいね〉は、元気一杯で、小生意気で、子鬼のように大っきな瞳をした――生霊だったのだ。僕はそこで意表を突かれて驚いた。加納朋子の作品群と言えば、『ななつのこ』『魔法飛行』の女子大生駒子や、『月曜日の水玉模様《パターン》』のOL陶子さんの様に、普通の人を主人公にしてその日常で起こる謎を解いていくのが定型だったからだ。だから加納作品の中で幽霊や超常現象が出てきても、そうではなかったと解決されるのが常だった。それでつまらないわけでは全くない。しかし一種の安心感を持って読んでいたのは確かである。それを

〈れいいね〉が打ち砕いたのだ。彼女は完全な生霊で、そこにはトリックも何もない。日常の謎を描き続けてきた加納朋子はここでその一線を越えて、〝異界への冒険〟をテーマに選んだのだ。これは作者にとっても冒険だが、僕は狂喜した。何しろ作家加納朋子が読者を裏切るはずはない。ただ気まぐれや思いつきでそんな冒険をするわけがない。作家として進化するために、僕のように安心して寝惚けていた読者の魂を揺り起こすために、用意周到、準備万端でこの新境地に挑んだに違いない。その証拠に今までBGMの様にそっと作品に散りばめていた音感へのこだわりを、彼女は装置にした。読者を共に冒険の地平へと誘うための、〝呪文〟にしたのである。こんな風に――

(ちょうちょう、にげちゃった……)

(あたしはれいいね)

これらの不思議な音感に酔わされているうちに、異界は出現している。しかし〝呪文〟の効力で僕らはそれをスンナリ受け入れているのだ。あんなに綺麗な音が鳴ったのだから何か起こっても不思議はない――だから〈れいいね〉は〈麗音〉なのである。

いたはずの誰か。

いたかもしれない誰か。

いないかもしれない誰か。

いないはずの誰か。

そんな誰かと出遭うことで、異界が開かれ物語が始まる――本書の短編群は基本的にそういう構造を持っている。そして、どれも不思議な音＝呪文に満ちているのだ。

レッド・プラティ、ドイツ・イエロー・タキシード、グラス・ブラッドフィン、カーディナル・テトラ、ペンギン・テトラ、キッシング・グラミー、シルバー・ハチェット、コリドラス、ブラック・エンジェル……。

（「エンジェル・ムーン」）

3

呪文が誘う、未知の作品世界への冒険──しかしそれも繰り返すだけでは、それ自体が新たな定型《パターン》となり、再び読者を安心させてしまう。そこで作者は様々な変奏曲を奏でるのだが……。

「フリージング・サマー」。とろけそうな暑い夏に、〈コロサナイデ〉と訴える異界の住人は、最後にようやくその正体を明かす。

「天使の都」。〈音符を思わせて、その羅列はまるで楽譜のように楽しげ〉な言葉の国で出遭ったのは、不思議な旋律の歌を歌う〝ティンカー・ベル〟。さぞケタ外れの異界に連れて行かれると思いきや……。

これらの変奏曲によって僕らは再び作者の術中に嵌るのだ。何しろ時空を超えた異界にスルッと連れていかれたと思ったら、正反対に何も見つからない都会の片隅を見せられたりする。異界への冒険は全体のテーマではなかったのかと不安になったところに、こうだ。

本当に不思議なことは、日常のすぐ隣で起きる――そう思わないかい？

（「商店街の夜」）

そして第九編「オレンジの半分」に到って、読者は加納朋子がこの新境地に挑んだ真の意図を知るのである。この短編集を順番通りに読んできた僕らは、揺らいでいる。今度は異界に行くのか行かないのか――？　一卵性双生児の主人公、真奈が、子供の頃の写真を見て、それが自分か姉の加奈かと惑い揺らぐように。だから何でもない日常の場面《シーン》に必要以上にドキドキし、そして、騙されるのだ。僕はこの一編を加納ミステリのベスト3に数えるが、それも本書の中で順番通りに読んだからこその衝撃だったと思う。作者が呪文と共に仕掛けた冒険は、読者との間に新たな緊張感を生んで、加納朋子という作家を決して目を離してはいけない存在へと押し上げたのである。（ちなみに「オレンジの半分」は『掌《て》の中の小鳥』の番外編になっているのも嬉しい）

――そして。

沙羅が和子の名を呼んだ。

わこ。わーこ。わこちゃん。わーこちゃん。

（中略）

それはまるで、魔物か妖精でも呼び出す呪文のようだ。

和子は思う。

――なんておかしな、あべこべ。

こうして最大の呪文によって、最後の冒険が始まる。そもそも僕が本書の構造に気付いたのは、あまりに美しいこの題名《タイトル》に魅入られたからだった。理屈ではなく〝さら〟と〝わこ〟は一対《セット》で、互いに呼び合う関係なのだと瞬時に納得できた「沙羅は和子の名を呼ぶ」こそ、まさに呪文だ（何せ題名《タイトル》だけで僕は涙腺が緩みました）。だから〝生まれなかったはずのもうひとりの自分〟という非日常が、とても自然に染み込んで……。ちなみにこの作品と同じ設定の漫画がある。僕の生涯の目標でもある故藤子・F・不二雄の、「分岐点」という作品だ。それも印象深かったのだが、「沙羅――」はその分岐する二つの世界を結び付けて、見事なミステリに昇華させている。

「沙羅が和子の名を呼ぶことはたぶん、もう二度とない」と本書は締めくくられる。だがきっと加納朋子の冒険は、これで終わらないだろう。僕らは、進化し続けるであろう彼女をずっと、ずっと追いかけていこう――。

## 加納朋子　著作リスト

『ななつのこ』一九九二年九月（文庫版・一九九九年八月）東京創元社刊
『魔法飛行』一九九三年七月（文庫版・二〇〇〇年二月）東京創元社刊
『掌《て》の中の小鳥』一九九五年七月（文庫版・二〇〇一年二月）東京創元社刊
『いちばん初めにあった海』一九九六年八月（文庫版・二〇〇〇年五月）角川書店刊
『ガラスの麒麟』一九九七年八月（文庫版・二〇〇〇年六月）講談社刊
『月曜日の水玉模様』一九九八年九月（文庫版・二〇〇一年一〇月）集英社刊
『沙羅は和子の名を呼ぶ』一九九九年一〇月（文庫版・二〇〇二年九月）集英社刊
『螺旋階段のアリス』二〇〇〇年一一月　文藝春秋刊
『ささら　さや』二〇〇一年九月　幻冬舎刊
『虹の家のアリス』二〇〇二年一〇月刊行予定　文藝春秋

# 初出誌一覧

黒いベールの貴婦人　「小説すばる」九四年一月号
エンジェル・ムーン　「小説すばる」九四年六月号
フリージング・サマー　「小説すばる」九四年一一月号
天使の都　「週刊小説」九六年九月二七日号
海を見に行く日　「週刊小説」九七年二月七日号
橘の宿　「小説現代」九六年五月号『輝きの一瞬』（講談社文庫）所収
花盗人　「西日本新聞」九七年一月七日付
商店街の夜　「週刊小説」九七年一〇月三日号
オレンジの半分　「野性時代」九五年八月号『不在証明崩壊』（カドカワノベルス）所収
沙羅は和子の名を呼ぶ　「小説すばる」九九年七月号・九月号

この作品は、一九九九年十月、集英社より刊行されました。

# 集英社文庫 目録（日本文学）

勝目梓　朱い雪の神話
勝目梓　風の装い
勝目梓　闇の刃
勝目梓　決着
勝目梓　悪党どもの晩餐会
門田泰明　白い復讐
門田泰明　白の迷走
金井美恵子　兎
金井美恵子　アカシア騎士団
金井美恵子　恋愛太平記1・2
鐘ヶ江管一　普賢、鳴りやまず
金子兜太　感性時代の俳句塾
金子兜太　放浪行乞 山頭火百二十句
金子光晴　金子光晴詩集 女たちへのいたみうた
加野厚志　龍馬慕情
加納朋子　月曜日の水玉模様

加納朋子　沙羅《さら》は和子《わこ》の名を呼ぶ
香納諒一　天使たちの場所
冠木新市 企画構成　ゴジラ・デイズ
亀井一成　ぼくはチンパンジーと話ができる
亀井一成　動物ないしょ話
加門七海　蠱
加門七海　うわさの神仏 日本闇世界めぐり
加門七海　うわさの神仏 其ノ二 あやし紀行
加山雄三　父からの贈りもの
川上健一　監督と野郎ども
川上健一　珍プレー殺人事件
川上健一　宇宙のウインブルドン
川上健一　女神がくれた八秒
川上健一　このゴルファーたち
川上健一　フォアー！
川上健一　雨鱒の川

川上健一　ららのいた夏
川上健一　跳べ、ジョー！B・Bの魂が見てるぞ
川西政明　渡辺淳一の世界
川西蘭　パイレーツによろしく
川西蘭　どかどかうるさいRRC
川西蘭　ラヴ・ソングが聴こえる部屋
川西蘭　ルームメイト
川西蘭　ルルの館
川西蘭　港が見える丘
川西蘭　サーカス・ドリーム
川西蘭　林檎の樹の下で
川西蘭　バリエーション
川西蘭　ひかる汗
川端康成　伊豆の踊子
川村湊・他選　ソウル・ソウル・ソウル
菊地秀行　柳生刑部秘剣行

# 集英社文庫　目録（日本文学）

# 集英社文庫　目録（日本文学）

木村治美　もう一つ別の生き方
木村治美　しなやかに女の時間
木村治美　ちょっとだけトラディショナル
木村治美　裸足のシンデレラ
木村治美　あらあらかしこ
木村元彦　誇り　ドラガン・ストイコビッチの軌跡
木村元彦　悪者見参
紀和鏡　黒潮殺人海流
紀和鏡　狙われたオリンピック
紀和鏡　エメルダの天使
紀和鏡　エンジェルの館
草薙渉　草小路鷹麿の東方見聞録
草薙渉　黄金のうさぎ
草薙渉　草小路弥生子の西遊記
草薙渉　第8の予言
串田孫一　風の中の詩

串田孫一　山の独奏曲
串田孫一　若き日の山
串田孫一　山のパンセ
楠田枝里子・編訳　宇宙でトイレにはいる法
工藤美代子　カナダ遊妓楼に降る雪は
工藤美代子　旅人たちのバンクーバー
工藤美代子　哀しい目つきの漂流者
邦光史郎　三井王国(上)
邦光史郎　三井王国(下)
邦光史郎　住友王国(上)
邦光史郎　住友王国(下)
邦光史郎　三菱王国(上)
邦光史郎　三菱王国(下)
邦光史郎　大阪立身(上)　小説・松下王国
邦光史郎　大阪立身(下)　小説・松下王国
邦光史郎　黄色い蝙蝠《こうもり》　日本経済崩壊の日

邦光史郎　社外極秘
邦光史郎　深海魚族
邦光史郎　近江商人
邦光史郎　欲望の分け前
邦光史郎　歴史を推理する
邦光史郎　古代史を推理する
邦光史郎　まぼろしの女王卑弥呼(上)(下)
邦光史郎　小説　トヨタ王国(上)(下)
邦光史郎　中世を推理する
邦光史郎　やってみなはれ　―芳醇な樽―
邦光史郎　幻の出雲神話殺人事件
邦光史郎　虹を創る男(上)(下)
邦光史郎　邪馬台国を推理する
邦光史郎　日日これ夢　小説　小林一三
邦光史郎　坂本龍馬
邦光史郎　世界を駆ける男(上)(下)

# 集英社文庫　目録（日本文学）

邦光史郎　利休と秀吉
国谷誠朗　孤独よ、さようなら —母親離れの心理学
熊井明子　私の猫がいない日々
熊谷達也　ウエンカムイの爪
栗本　薫　シルクロードのシ
黒井千次　使うべき日
黒井千次　走る家族
黒井千次　時の鎖
黒岩重吾　幻への疾走
黒岩重吾　夕陽ホテル
黒岩重吾　紅ある流星
黒岩重吾　飢えた渦
黒岩重吾　影に棲む蛇
黒岩重吾　どかんたれ人生
黒岩重吾　夜の挨拶
黒岩重吾　闇の肌
黒岩重吾　闇の航跡
黒岩重吾　翳りある座席
黒岩重吾　太陽の素顔
黒岩重吾　茜雲の渦
黒岩重吾　深海パーティ
黒岩重吾　終着駅の女
黒岩重吾　女の太陽(I)茜色の章
黒岩重吾　女の太陽(II)孤翳の章
黒岩重吾　女の太陽(III)花愁の章
黒岩重吾　闇を走れ
黒岩重吾　黒い夕陽
黒岩重吾　夜の聖書
黒岩重吾　さらば星座 第一部(上)
黒岩重吾　さらば星座 第一部(中)
黒岩重吾　さらば星座 第一部(下)
黒岩重吾　さらば星座 第二部①
黒岩重吾　さらば星座 第二部②
黒岩重吾　さらば星座 第二部③
黒岩重吾　さらば星座 第三部①
黒岩重吾　さらば星座 第三部②
黒岩重吾　さらば星座 第三部③
黒岩重吾　砂漠の太陽
黒岩重吾　夜の湖
黒岩重吾　雲の鎖
黒岩重吾　さらば星座 第四部(上)
黒岩重吾　さらば星座 第四部(下)
黒岩重吾　さらば星座 第五部(上)
黒岩重吾　さらば星座 第五部(下)
黒岩重吾　女の氷河(上・下)
黒岩重吾　新編　とうがらしの夢
黒岩重吾　落日はぬばたまに燃ゆ
桑田佳祐　ケースケランド

集英社文庫

沙《さ》羅《ら》は和《わ》子《こ》の名《な》を呼《よ》ぶ

2002年9月25日　第1刷

定価はカバーに表示してあります。

著　者　加《か》納《のう》朋《とも》子《こ》

発行者　谷山尚義

発行所　株式会社　集英社

東京都千代田区一ツ橋2—5—10
〒101-8050

電話　03（3230）6095（編集）
　　　03（3230）6393（販売）
　　　03（3230）6080（制作）

印　刷　凸版印刷株式会社

製　本　凸版印刷株式会社



ISBN4-08-747488-7 C0193